Sybil Wagener

Vergiß New York

Sybil Wagener

Vergiß New York

Roman

Steidl

S. 156: Die Szene mit der Drogenabhängigen am Aufgang zur Brooklyn Bridge wurde angeregt durch den Artikel »New York – Nichts geht mehr« von Joachim Riedl, SZ-Magazin 36 vom 7. 9. 1990.

1. Auflage Februar 1997

Umschlaggestaltung: Gerhard Steidl
Satz, Druck, Bindung:
Steidl, Düstere Straße 4, D-37073 Göttingen
Printed in Germany
ISBN 3-88243-450-3

Für Till

Alles ist vorhergesehen, aber die
Freiheit der Wahl ist gegeben.

Mischna

I

Die Stadt schwitzt Hitze. Rußige Tropfen lösen sich aus ihrer schrundigen Haut, sammeln sich zu fauligfeuchtem Aderngeflecht. Sonnenblinde Fenster, himmelhoch getürmter Abraum, Geier mit Rotorflügeln. Auf dem Grund der Schlucht läuft Baby Blue um ihr Leben. Der weiche Asphalt zerrt an den Absätzen, saugt an den Sohlen – wenn jetzt ein Riemen reißt, ist sie verloren. Mit stechender Lunge rennt sie gegen den Takt der verfolgenden Schritte an, übertönt das Portato der Jagd mit dem Staccato der Angst, doch unwillkürlich unterwirft sich ihr Rhythmus, nimmt stolpernd ihren Sturz vorweg. Der Wind teilt der Straße die Gier des Täters und die Panik des Opfers als einen Wirbel raffinierter Synkopen mit. Keine Sekunde verschwendet Baby Blue an einen Hilferuf – was da atmet zwischen Mülltonnen und Autogerippen, ist Wrack, die Welt eine Wüste, abgesteckt durch Brandmauern, versiegelt von blasenschlagendem, faltenwerfendem Teer, mit dem Verfolger im Bund, um sie zur Strecke zu bringen –

Angespannt wartet die Straße auf etwas, das die Verfolgte nicht für möglich halten darf – ein Gedanke an Schlag oder Stich oder würgende Hände, und sie ist tot. Mit dünnen Sohlen und flatterndem Rock rennt sie inzwischen anstrengungslos; womöglich, wer weiß, genießt sie diesen Wettlauf sogar, die unerwartete Leistungsfähigkeit ihres Körpers: sie, Baby Blue, Cäcilia, die aus den Wolken direkt in die Gosse fiel, entläuft der Gefahr, läuft und läuft, um wieder dort anzukommen, wo alles begann – ! In Wirklichkeit wird sie – schon setzt die barmherzige Täuschung des Letzten Augenblicks ein – immer langsamer, der Verfolger holt auf, doch ihr scheint es, als würden die Schritte leiser, als blieben sie ganz zurück ... Nun könntest du, Cäcilia, Baby, Baby Blue, die Pistole gebrauchen. Ist sie nicht in deiner Handtasche? Ein Griff, ein Fingerdruck, und du bist in Sicherheit. Um diesen Kerl ist es nicht schade. Es ist Notwehr! Warum zögerst du? . . . Da: ein Schuhriemen reißt. Stolpernd entledigt sie sich erst der einen, dann der anderen Sandale, dabei läßt ihre Rechte die fest umklammerte Handtasche los, barfuß läuft sie jetzt, unempfindlich gegen die Glut des Asphalts –

Die Straße, plötzlich, voll Leben. Die Handtasche! Als der Verfolger sich danach bückt, fallen die anderen über ihn her. Cäcilia wagt einen Blick zurück, doch sie versteht nicht, was vorgeht. Aus dem Knäuel löst sich eine Gestalt, startet in der Kniebeuge wie ein Sprinter auf der Aschenbahn, taumelt, gewinnt sein Gleichgewicht zurück – der Jäger. Nun selbst ein Gejagter; so schnell gibt die Straße nicht auf. Cäcilia biegt um die nächste Ecke, diese Schlucht ist noch enger, der Himmel noch ferner, irgendwo geht eine Tür auf, sie wirft sich ins Dunkel, die Tür fällt zu. Der Mann mit der Handtasche zögert vor der Sackgasse, läßt die zerlumpte Phalanx viel zu nah kommen; es will ihm nicht in den Kopf, daß ihm das Opfer entwischt ist, vielmehr: das Töten will ihm nicht aus dem Stoffwechsel. Langsam, wie schweres Gas, weicht aus der Straße die Gier nach dem Schrei, der auch dem niedrigsten dieser ausgestoßenen Leben für einen Augenblick Wert verliehen hätte – im Hochgefühl des eigenen Überlebens. In der kurzen Gewißheit, unsterblich zu sein.

Cäcilia

Wenn ich mich daran zu erinnern versuche, wie alles anfing, fällt mir jener Maisonntag ein, als nach einem langen Winter das Land so grün geworden war, daß es künstlich wirkte, wie von einem Symbolisten gemalt, der den Frühling zu fassen kriegen will, schreiend grüne Blätter an Büschen und Bäumen, schrillgrüne Halme am Wegrand. Christine war schuld. So sah ich es jedenfalls. Sie hatte unserem Leben, diesem festgefügten Ritual gleichförmiger Verrichtungen zwischen Guten Morgen und Gute Nacht, den Boden entzogen, indem sie uns verließ. Nicht genug, daß Paul mir grollte – es war unvermeidlich, seiner Familie Rede und Antwort zu stehen.

Eine Bö schüttelte aus den Kastanien weißes Blütengestöber. »Schnee!« rief eines der Kinder, die auf den Kieswegen des Biergartens spielten, ein kleines Mädchen mit lustig hochgezwirbeltem Schopf, und streckte die Hände nach den rieselnden Blütenblättern aus. Die Erwachsenen lachten; liebevoll zwar, doch das Kind fühlte sich verspottet. Ich sah, wie die Spannung aus seinem Körper wich, wie die Finger sich krümmten, die Arme nachgaben, das Kinn sich senkte. Verlegen hüpfte es auf einem Bein, rutschte auf dem Kies aus und fiel auf die Knie. Nun weinte es und wurde für seine Ungeschicklichkeit obendrein gescholten. Aus irgendeinem Grund tat mir das weh. »Was ist?« fragte Paul und legte seine Hand auf die meine. Ich wußte, daß meine Anwandlungen von Traurigkeit ihn beunruhigten, doch seine Anteilnahme machte es noch schlimmer. In der Höhle seiner Hand zuckte meine Hand wider die Gefangenschaft. Paul empfing auch diese Botschaft und löste die Berührung. Er fühlte sich zurückgewiesen, und ich fühlte mich schuldig. Wenn ich ihm jetzt von dem Mißgeschick des kleinen Mädchens erzählt hätte, dann mit einem für mich selbst ärgerlichen Eifer in der Stimme, was er mit einem Anflug von Arroganz quittiert hätte, mit dem Ergebnis, daß mein Ton, ohne daß ich etwas daran hätte ändern können, noch schriller geworden wäre. Warum es mir, wenn ich darüber gesprochen hätte, so wichtig gewesen wäre, daß er das Drama des kleinen Mädchens versteht, weiß ich nicht. Ich schwieg, weil ich eigentlich reden wollte, mich mühsam daran hinderte und nach Worten suchte, das, was ich sagen wollte, auf eine Weise auszudrücken, die mich Paul trotz allem verständlich machen würde.

Die Ablenkung kam von außen; Paul winkte über meine Schulter hinweg jemandem zu: »Hallo, hier sind wir!« Das Kinderrudel, das über Tische und Bänke tobte, erhielt Verstärkung durch die Neffen und Nichten. Pauls Familie ... Schwägerin Stefanie, eine derjenigen Frauen, denen das Altern mehr gibt als nimmt: Akzente natürlicher Würde, ein paar Fältchen um die Augen, glänzende Fäden im aufgesteckten Haar, habe ich sehr gern. Zu Schwippschwager Georg, dem Onkologen, bekomme ich keinen Kontakt, doch das geht, außer Stefanie, allen so. Meist bleibt er den Familientreffen fern, und wenn man ihn dann nach längerer Zeit wiedersieht, wirkt er noch verhärmter; der verlustreiche Kampf gegen den Krebstod verzehrt ihn. Niemals spricht er über das Krankenhaus, doch scheint er in Gedanken ständig damit beschäftigt zu sein. Die Hauptperson fehlte. Irgendwo jenseits der um die Tische wogenden Köpfe erkannte ich den weißen Haarturm von Pauls Mutter. Obwohl Elisabeth darauf brennen mußte, näheres über Christines Streich, oder wie ich das, was sie uns angetan hat, nennen soll, zu erfahren, den sie zweifellos uns, vielmehr mir, als erzieherisches Versagen anlasten würde, ließ sie sich alle Zeit der Welt.

Stefanie wartete, bis die Kinder beschäftigt waren, ehe sie sich nach Christine erkundigte. »Sie macht uns Kummer«, deutete ich an, »nicht wahr, Paul?« Es war klüger, ihm die Sprachregelung zu überlassen; er sagt nie etwas Falsches. »Christine probt den Aufstand.« Paul tat, als sei es das Selbstverständlichste der Welt: »Sie ist zu ihrem jungen Mann gezogen.« Erschrocken schaute Stefanie sich nach ihren noch nicht schulpflichtigen Kindern um: »Daß sie es uns auch immer so schwer machen, sie vor Schaden zu bewahren – !« Paul nestelte eine Pfeife aus der Tasche, wie stets, wenn Worte sorgfältig zu wählen, Handlungen genau zu überlegen sind: »Ich vertraue auf unsere Standards«, sagte er. »Damit meine ich weniger den häuslichen Komfort, an den sie gewöhnt ist, als unsere Art, miteinander umzugehen. Auf dem Boden zu schlafen und Ölsardinen aus der Büchse zu essen mag eine gute Übung in Genügsamkeit sein. Einen Kerl zu ertragen, der schlechte Manieren hat, dürfte ihr auf die Dauer schwerer fallen.« – »Er hat schlechte Manieren?« fragte entsetzt Stefanie. Dabei schaute sie Georg an, als ob die Zuständigkeit für eine solche Abnormität bei ihm läge.

Georg bemerkte, daß er angesprochen wurde und öffnete wie zum Antworten die Lippen, aber natürlich hatte er nicht zugehört. »Vielleicht spielt er den wilden jungen Mann ja auch nur«, schwächte Paul ab und konzentrierte sich auf das Stopfen der Pfeife. »Kennen wir die Familie?« Stefanie meinte damit: Sind es alteingesessene, bodenständige Leute wie wir? »Sie sind neu zugezogen. Aus dem Osten ... Dem Anschein nach ordentlich«, fuhr Paul fort. (Etwas an dieser Formulierung störte mich.) Alle sahen auf seine Hände, bis das Streichholz endlich zündete. »Der Vater arbeitet bei Siemens. Vielleicht ist er ein wenig zu streng. Der Junge hat sich ein eigenes Zimmer genommen, weil die Eltern es nicht gern sahen, daß Christine ihn besuchte.« – »Was macht er?« – »Er geht noch zur Schule. Jobbt nebenher in einer Disco.« Stefanie wägte diese Auskunft sorgfältig. Sie betrachtete diesen kleinen Kreis heranwachsender oder alternder Personen, in dem auch ich lebte, wenn auch eher am Rand, als einen Mikrokosmos, wo sich alles abspielt, was das Leben ausmacht. Paul unterhielt uns mit possierlichen Rauchwölkchen. »In vier Wochen, spätestens in sechs«, murmelte er um das Mundstück herum, »ist Christine wieder zu Hause. In der Zwischenzeit werden wir so tun, als sei alles in Ordnung.«

Nun konnte ich nicht länger an mich halten. »Sie ist noch nicht achtzehn«, sagte ich. »Sie ist minderjährig! Du mußt sie zurückholen.« – »Damit würden wir sie endgültig verlieren«, widersprach Paul, doch das steigerte nur meine Erregung: »Drogen! AIDS! Mädchenhandel! Ich schlafe keine Nacht mehr durch, seit Christine fort ist – !« Wieder schaute Stefanie Georg an, als ob die Beschwörung solcher Gefahren sofortiges ärztliches Eingreifen erforderlich machte: »In unserem Städtchen? Glaubt ihr wirklich?« Georg schüttelte den Kopf, ohne den Inhalt seiner Verneinung bekanntzugeben. »Wir können Christine ohnehin nicht kontrollieren«, sagte Paul. »Wir müssen ihr vertrauen.« Stefanie sprang dem Bruder bei: »Schau, Cäcilia«, sagte sie mit Wärme, »ihr habt eure Tochter so liebevoll aufgezogen. Sie wird auf sich aufpassen.«

Ich wünschte, das Thema würde fallengelassen, denn Elisabeth näherte sich – ganz Erste Dame des eng verflochtenen kleinstädtischen Bürgertums, eine Altersschönheit, gekrönt von silbernem Haar, dessen Schimmer die Perlen an Hals und Ohren vertiefen; den Stock, auf den sie sich stützen muß, handhabt sie mit der Leichtigkeit eines Spielzeugs, das man aus Laune, nicht aus Notwendigkeit, gebraucht. Keinen Menschen auf dieser Welt fürchtete ich so sehr wie sie. Um ihretwillen hatte ich mir Pauls Leben angezogen wie einen Tarnmantel. Im Lauf meiner Ehe hatte ich gelernt, Möbel aus vier Jahrhunderten so in einem Haus zu verteilen, daß sie wie vom Raum hervorgebracht wirkten, meine preußisch harte Sprache hatte die verbindliche Melodie des süddeutschen Landstrichs angenommen, mein Tagesablauf war bei Schwiegermutter und Schwägerin abgeschaut, ich kaufte in denselben Geschäften ein, kochte und buk nach den gleichen Rezepten, kleidete mich wie sie in die dezente städtische Variante der alpenländischen Tracht, ging an Festtagen mit der Familie zur Kirche, tat, als fühlte ich mich ganz akzeptiert, voll integriert – doch es blieb ein Rest von Fremdheit, den ich besonders in Elisabeths Gegenwart spürte. Wenn ich Pauls oder Stefanies Augen zufällig begegnete, lächelten sie; Elisabeth hingegen blieb ernst. Häufig geschah es, daß ich nach einem vertraulichen Austausch mit Paul in den Blick meiner Schwiegermutter wie in eine Falle plumpste; fast flehentlich versuchte ich ihn dann festzuhalten, doch Elisabeth wandte ihn ab, sie entzog sich mir, sie verweigerte mir den Adelsschlag ihrer Anerkennung. Paul darauf anzusprechen hatte sich als sinnlos erwiesen, einmal, weil er nichts auf seine Mutter kommen ließ, zum anderen, weil diese sich nicht die Blöße gab, ihre Abneigung gegen mich in Worte zu fassen. Die naheliegende Erklärung, Pauls Mutter sei, wie so viele Mütter von Söhnen, auf die Schwiegertochter eifersüchtig, ist mir zu vordergründig; eine so primitive Regung hätte Elisabeth gewiß unterdrückt. Eine Person abzulehnen muß mit ihrer hohen Meinung von sich selbst vereinbar sein. Dem Vorwurf, ungerecht zu sein, würde sie sich niemals aussetzen, und sie hatte nichts gegen mich in der Hand. Ich wurde jedoch den Verdacht nicht los, daß Elisabeth meine Verstellung durchschaute und mich ganz zu Recht für eine Heuchlerin hielt. Für mich drehte ich den Spieß manchmal um und bezichtigte in meinem Herzen die Schwiegermutter der hinterlistigsten Verstellung. Das Gefühl des Ungenügens, das sie in mir hervorrief, lastete ich ihr ganz allein an. Eben jetzt, als Elisabeth an den Tisch trat und sich begrüßen ließ, brach es sich Bahn, ich mußte meinen ganzen Willen aufbieten, um wie die anderen aufzustehen und die alte

Dame zu küssen, die flüchtige Berührung ihrer kühlen Wange löste Verzweiflung in mir aus, als ob alles, alles vergeblich sei.

Stefanies Kinder unterbrachen ihr Spiel, um auf der Bank möglichst nah bei der Großmutter zu sitzen. Sie hatte gegenüber Paul Platz genommen, scherzte mit der Kellnerin, ließ sich für ihren Durst auf eine ganze Maß freundlich verspotten. Ein Blick Elisabeths auf die Kinder, schon erfand Stefanie einen Auftrag für sie: »Geht doch mal nachschauen, ob es Steckerlfisch gibt...« Widerspruchslos, geradezu lustvoll gehorchten sie. In dieser Familie erfüllt man die Wünsche anderer mit Bereitwilligkeit. Nun wich Elisabeths Lächeln einem Ausdruck von Besorgnis. Paul räusperte sich, gleich würde er wiederholen, was er vorhin zu Stefanie gesagt hatte. Wenn er einmal die einem bestimmten Sachverhalt angemessenen Worte gefunden hat, variiert er sie kaum noch. »Sie probt den Aufstand.« Wie auswendig gelernt lief der gleiche Dialog noch einmal ab, nur bekam jedes Wort jetzt eine andere Aura. »Kennen wir die Familie?« Elisabeth meinte: Gehört sie zu dem Dutzend von Ärzten, Zahnärzten, Professoren und ähnlichen Honoratioren, mit denen wir verkehren? »Sie ist neu zugezogen. Aus dem Osten.« – »Aus dem Osten?« Elisabeth zog die Augenbrauen hoch. Ein Blickwechsel mit mir – es war heraus. Die Schwiegermama hatte sich bloßgestellt. Paul mußte das auch begriffen haben, denn er fügte mit besonderer Betonung hinzu: »Trotzdem – sehr ordentliche Leute...« Ich hörte nicht mehr zu.

Pauls Heiratsantrag ... (Später fragte ich ihn, ob er

dafür keinen romantischeren Ort hätte finden können als ausgerechnet sein Arbeitszimmer in der Universität – ! »Dort kann eine Studentin ihrem Professor nicht so leicht etwas abschlagen!« verteidigte er sich, und vielleicht war das wirklich nur ein Scherz.) Er liebe mich als Frau und schätze mich als Mensch, hatte er in seiner etwas umständlichen Art erklärt – er hinter dem Schreibtisch, ich auf dem von Tausenden von Studentenhinterteilen blankpolierten Sprechstundenstuhl – deshalb könne er es nicht verantworten, mit mir sozusagen in wilder Ehe zu leben. Den Ausdruck fand ich komisch, von Zusammenleben konnte keine Rede sein, Paul blieb manchmal über Nacht bei mir und tat kein Auge zu, weil das Bett so schmal war, daß er mich totzuquetschen fürchtete, wenn er einschlief. Allerdings war es eine durch einen Blutfleck auf der Bettdecke besiegelte Tatsache, daß ich unberührt gewesen war – jemand wie Paul fühlt sich dadurch verpflichtet. Mit Liebeserklärungen war er hingegen sehr sparsam umgegangen.

Er sei also entschlossen, fuhr Paul fort, er sei wirklich fest entschlossen, die Bedenken seiner Verwandten auszuräumen, die sich im übrigen mit der Zeit von selbst zerstreuen würden – kurz, er sei überzeugt davon, daß die Familie seine Wahl im Prinzip gutheißen werde. Doch bevor er in dieser Angelegenheit irgendwelche Schritte unternehme, müsse, vielmehr wolle er mich fragen, ob ich – und nun war seine sichere, ein wenig monotone Stimme in ein leichtes Vibrato verfallen, das mich rührte und mein Unbehagen zerstreute – seine Frau werden wolle? Statt ihm um den Hals zu fallen, wie ich es gern getan hätte (ich liebte ihn ja), blieb ich brav sitzen und wackelte vor innerer Anspannung nur ein bißchen mit dem Kopf. Ich schaute auf meine Hände, als ich nickte. Eine Pause entstand, dann schob Paul seinen Stuhl zurück, kam um den Schreibtisch herum, beugte sich zu mir nieder und küßte mich aufs Haar, und ich hob die Arme und schlang sie ihm um den Hals. Damit waren wir verlobt, und ich vergaß mein anfängliches Unbehagen. Im Zimmer des Privatdozenten für Philosophie hatte für den Bruchteil einer Sekunde die Erkenntnis vor mir gestanden, daß Paul sich irgendwie zu mir herabließ. Es war nicht nur die Hierarchie der Lebenserfahrung, begründet durch den Altersunterschied, der fast zehn Jahre betrug. Es war – obwohl meine Mutter das niemals zugegeben hätte, denn schließlich sind wir in jenem legendären verlorenen Land ja auch wer gewesen – das auf dem neutralen Boden der hauptstädtischen Universität nur vage spürbare, in der eine halbe Autostunde entfernten Kleinstadt, wo Paul zu Hause war, aber umso auffälligere soziale Gefälle zwischen dem Heimischen und der Zugewanderten. Paul war charakterlich nichts vorzuwerfen, er war ohne Falsch und erfüllt von kantianischem Verantwortungsbewußtsein für jede einzelne seiner Handlungen. Dennoch lag etwas für mich Demütigendes darin, daß seine Familie seit Jahrhunderten in der gleichen Stadt ansässig war, während ich eine Dahergelaufene blieb, was zwar auch der Fall gewesen wäre, wenn ich aus Schwaben oder aus dem Rheinland gestammt hätte, jedoch noch verschärft wurde durch meine nicht genauer nachprüfbare Herkunft. Je mehr

Paul sich für mich einsetzte – er konnte sehr unangenehm werden, wenn er glaubte, daß man es mir gegenüber an Zuvorkommenheit fehlen ließ – desto deprimierter wurde ich; es hätte mich weniger erniedrigt, wenn er das Schicksal, das meine Familie nach dem Krieg mit Millionen von Menschen teilte: von anderswoher zu sein, selbstverständlicher gehandhabt hätte; statt dessen machte er zu viel Wesens darum, ganz als müßte er sich vor allem selbst davon überzeugen, daß es kein gesellschaftliches Stigma sei, mit mir verheiratet zu sein.

Gegen alle Regeln des guten Benehmens sprang ich auf und ging davon, aus dem Schatten der Kastanien hinaus auf die sonnenhelle Wiese, wo ich mich ins Gras setzte und die Gänseblümchen anstarrte. Nach einiger Zeit kam Stefanie in Sicht, sie schlenderte in betonter Absichtslosigkeit heran, blumenpflückend, den Sonnenstand prüfend, so wie man sich einem scheuen Tier nähert, das jede heftige Bewegung in die Flucht schlagen würde. Schließlich ließ sie sich ein paar Schritte von mir entfernt im Gras nieder. »Ich verstehe dich«, sagte sie, »wir reden und reden. Das hilft dir nicht in deiner Sorge um Christine ...« Sie beugte sich ein wenig vor und schaute mir in die Augen: »Weißt du was? Ich werde Romeo und Julia morgen besuchen, einfach mal vorbeigehen und klingeln, sie werden mich schon nicht vor der Tür stehen lassen. Wenn etwas mit dem Jungen nicht stimmt, finde ich es heraus.« Da ich nicht reagierte, fragte sie noch: »In Ordnung?« Also nickte ich. Gemeinsam, ohne Hast, wanderten wir die Kastanienallee zurück und nahmen die alten Plätze am blauweiß gewürfelten Tischtuch wieder ein, wo Elisabeth, Paul und Georg zu sehr in ihr Gespräch vertieft waren, um meine Rückkehr überhaupt zu bemerken. Nach einer angemessenen Weile, das wußte ich, würde einer von ihnen sich an Stefanie wenden und etwas Nettes über den Gänseblümchenstrauß in ihrer Hand sagen, dann würde die Rede auf den wunderschönen Frühling kommen, der mit seiner hochsommerlichen Wärme für den harten Winter entschädigte, schließlich würden mir alle aufmerksam zuhören, wenn ich von der ungewöhnlichen Aktivität der Maulwürfe auf jener Wiese erzählte, ganz als sei mein Aufbruch keine Ungezogenheit gewesen, sondern etwas, was an meiner Stelle jeder andere genauso gemacht hätte. In ihrer Mitte, unter einem Glassturz von Fremdheit, erkannte ich, daß Elisabeth, Stefanie, Paul, Georg eine Eigenschaft haben, die mir fehlt: Sie handeln wie von einer festen inneren Plattform aus, die sie unangreifbar macht. Nie würde ich so sein wie sie...

* * *

Einer dieser Fallträume, sagt Cäcilia sich. Ich muß aufwachen, dann ist er vorbei. Doch als sie die Augen aufschlägt, bleibt es dunkel. Also träumt sie das Wachsein nur. Dieser Schmerz ist eingebildet. Diese Finsternis ist die ihres Hotelzimmers. Diese Angst vergeht, wenn sie das Licht anmacht. Doch da ist Karla. Wie kommt sie hierher? »Karla! Ich denke, du bist – ?« Etwas stimmt nicht mit ihren Augen, sie sind wie zwei phosphorne Uhrzeiger, wie zwei Glühwürmchen. »Du siehst ja«, sagt Karla. Ihre Stimme klingt hallig, das muß das

Grab sein, aus dem sie spricht. Nun ist Cäcilia doch beunruhigt. Wieso redet eine Tote mit ihr? »Karla! Bin ich etwa auch – ?« Karla beruhigt sie. Cäcilia hat ihren Sturz überlebt. Zwar: an einem Ort, wo es Tag und Nacht finster ist. Aber noch nicht ganz unten, in den Labyrinthen der Kanalisation, bei den Ratten, den Leichen und dem Strandgut des Abwassers. Noch im Bereich der Menschen. Noch zu retten. Deshalb aber auch zerstörbar bis auf den Grund ihrer Seele. Jemand hat ihr die Tür geöffnet. Jemand hat sie hinter ihr geschlossen. Jemand hat sie die Kellertreppe hinunterstürzen lassen. Jemand weiß, daß sie hier liegt. In diesem Teil der Stadt ist es freilich besser, nicht auf andere angewiesen zu sein. Wer hier lebt, kann sich Menschlichkeit nicht leisten. Er hat nichts, nur die paar Lumpen am Leib, er muß nehmen, er muß stehlen und rauben, und manchmal tötet er auch. Ohne Bosheit.

Schritte ... Ein Lichtkegel beginnt durch den Raum zu wandern, streift Cäcilia, hält sie fest. Sie hat die Augen geschlossen, atmet unhörbar flach, doch das Totstellen nützt ihr nichts, jemand kniet neben ihr nieder, Finger machen sich an ihrem Handgelenk zu schaffen. Etwas Goldenes blitzt auf, dahinter schimmert undeutlich ein Gesicht, jemand betrachtet eine Armbanduhr, die ihr gehört – die ihr gehörte, als sie noch in jener Welt war, wo man die Dunkelheit vertreiben konnte, indem man auf einen Knopf drückte. Die Taschenlampe wandert über ihren Körper, Füße nehmen sie in die Mitte, eine Gürtelschnalle klickt. Cäcilia schreit, sie wehrt sich nach Kräften. Sein Fuß trifft sie ins Gesicht, und als sie es mit den Armen zu schützen versucht, in den Magen. Hände zerren an ihr. Sie ist nicht Cäcilia und auch nicht Baby blue. Sie ist ein ausgelieferter Körper, sie ist verletzliche Weichteile und emp-

findliche Knochen, sie ist zerbrechlich, zertretbar, zerreißbar, sie ist nur Schmerz.

Der Mann läßt von ihr ab. Cäcilia merkt es nicht, sie hat sich entzogen, sie fällt, erst schnell, dann immer langsamer, als ob über ihr ein Fallschirm aufgegangen sei und sie nun zwischen Himmel und Erde schwebte, zwar kann sie die Finsternis oben und unten nicht unterscheiden, doch landet sie irgendwie weich. Sie tastet nach dem Lichtschalter, dabei fühlt ihre Hand etwas Feuchtes. Nun bemerkt sie die stinkende Lache, in der sie liegt; sie hat sich übergeben müssen. Krämpfe ziehen ihren Leib zusammen, Schüttelfrost läßt ihre Zähne klappern. »Hilfe«, flüstert sie. Wie gut, daß sie wenigstens Karla in der Nähe weiß. »Bring mich nach Haus!« verlangt sie. »Das steht nicht in meiner Macht«, erwidert Karla. »Ich sterbe«, jammert sie. »Aber Kind«, sagt Karla, »das ist doch nichts Schlimmes.«

Paul

Karla schlug die Augen auf, die größten und dunkelsten Pupillen, in die ich je sah – als ob in diesen Schächten gleich mehrere Leben versunken seien. »Wie komme ich hierher?« – »Du bist auf dem Flugplatz zusammengebrochen«, sagte Cäcilia. »Du flogst uns entgegen, als wolltest du dich in unsere Arme stürzen – doch dann drehtest du eine Pirouette wie eine Tänzerin, Paul konnte dich gerade noch auffangen.« Eine geschminkte alte Frau, die Kleid und Hut trug, als seien sie maßgeschneidert; vielleicht waren sie es ja auch. »Bin ich krank?« fragte Karla, und Cäcilia sagte ihr nicht, wie ernst ihr Zustand war. Sie hatte die Stimme am Telefon sofort wiedererkannt, sie legte die Hand auf die Sprechmuschel und informierte mich: »Meine amerikanische Tante!« Ich wußte von ihr nur, daß sie nach dem Krieg ausgewandert war und seit Jahrzehnten als verschollen galt. Doch ich liebe glückliche Wendungen, diese seltenen Zeichen göttlichen Waltens in einer unbegreiflich rohen Welt, ich nickte also, und Cäcilia resümierte für mich, was ein Apparat jenseits des Atlantiks in Bits zerhackt zu einer um den Globus rotierenden Schüssel sandte, die es in einen anderen Erdenwinkel reflektierte, wo es zusammengefügt zu einem täuschend ähnlichen Imitat von Karlas Stimme in Cäcilias Ohr drang: Karla habe sich zu einer Reise nach Europa entschlossen, um alte Freunde wiederzusehen. »Aber natürlich kommst du hierher. Wir freuen uns«, sagte Cäcilia. Dabei habe sie, deutete sie mir später an, eine böse Vorahnung gehabt, eine Art Schauder, den sie sich nicht erklären konnte.

Nach der ärztlichen Untersuchung war, wie es Cäcilia höchst unpassend formulierte, »die Katze aus dem Sack«: »Sie ist einzig und allein hierhergekommen, um zu sterben«, beschwerte sie sich. »In ganz Europa gibt es keine alten Freunde, die sie aufnehmen könnten! Dreißig Jahre lang habe ich nichts von ihr gehört, nun kommt sie uns Arm in Arm mit dem Tod ins Haus!« Ich weiß, daß es nichts als Panik war, doch in meinen Ohren klang es herzlos. Ich wandte mich ab und ging in mein Arbeitszimmer. Damit war die Angelegenheit natürlich nicht erledigt. Cäcilia wußte, daß ich sie hinter meinem Schreibtisch erwartete; sich dieser unausgesprochenen Aufforderung zu entziehen, hat sie in zwanzig Ehejahren nicht versucht; ich würde fast sagen, sie wagte es nicht. Ich halte mich für einen geduldigen, eher zu gutmütigen Menschen und habe es ganz gern, wenn meine Verstimmungen ernst genommen werden. Daß Cäcilia beklommen wie als Kind, wenn ihr Vater mit ihr »ein Wörtchen zu reden« hatte, an meine Tür klopfte, daß sie mich dafür haßte, wie Christine mir brutal an den Kopf warf, als ihre Mutter verschwunden war, das konnte ich nicht ahnen. Es war doch nur eines unserer häuslichen Rituale, berechenbar in seinem Ablauf wie das abendliche Auskleiden und Zähneputzen. Sie wartete mein »Ja, bitte!« ab, ehe sie eintrat und zog in meinem Besuchersessel züchtig den Rocksaum über die Knie, was mich amüsierte, ohne daß ich auch nur mit der Wimper zuckte. Während ich meine Pfeife stopfte, geriet, das habe ich wohl bemerkt, manchmal eine spitze Bemerkung auf ihre Zunge, die dort jedoch, wie es sich gehört, hängenblieb.

Zum Dozieren habe ich, das gebe ich zu, einen gewissen Hang, *déformation professionelle,* nicht wahr, die Studenten erwarten doch nichts anderes, als mit volltönender Rhetorik geschulmeistert zu werden. Cäcilia saß also wie eine brave Studentin da und schwieg, das bestärkte mich in der Überzeugung, ich würde offene Türen vorfinden. Ich hielt es für angebracht, ihr moralisch entgegenzukommen, indem ich betonte, sie brauche keine Scheu zu haben, mich in die Pflicht zu nehmen, ich machte da keinen Unterschied, ihre Verwandten seien auch meine Verwandten, ob drei Jahrzehnte oder länger verschollen, sie besäßen allemal das Menschenrecht, beim Sterben nicht allein gelassen zu werden. Aus meiner Sicht habe Tante Karla das einzig richtige getan, sich der Nichte zu erinnern, um die sie sich, wie ich Cäcilias Andeutungen hätte entnehmen können, ja eine Zeitlang sehr liebevoll gekümmert habe. Die Verpflichtungen, die man in der Kinderzeit einfach dadurch übernehme, daß man genährt, gekleidet und erzogen werde, seien, sagte ich, wie ein Blankoscheck, in den der Betrag später einzusetzen sei. Cäcilia möge, schloß ich, das Maß der Dankbarkeit, die sie Karla schulde, selbst bestimmen; ich hätte nichts anderes im Sinn, als ihr zu versichern, daß ich bereit sei, diese Herausforderung mit ihr zusammen zu bewältigen und ihr bei der schweren Aufgabe, eine Sterbende zu pflegen, nach besten Kräften zur Seite zu stehen. »Und vielleicht«, fügte ich hinzu, »geschieht ja ein Wunder und sie wird wieder gesund.«

Ich klopfte meine Pfeife aus, Cäcilia aber schwieg. Sie sah mich an, als sei ich ihr so fremd, daß sie sich mühsam auf mich besinnen müßte. Sie habe innerlich geschäumt, hat Christine mir das Verhalten ihrer Mutter erklärt. Wie sie mir da so lammfromm und scheinbar einverständig gegenübersaß, enthielt sie mir also vor, was sie in Wirklichkeit dachte: »Was nimmt er sich heraus? Bin ich denn ein Kind? Was fällt ihm ein, sich auf ein derart hohes Roß zu setzen, daß mir schwindlig wird, wenn ich zu ihm hinaufschaue?« Mit keinem Wimpernzucken hat sie mich gewarnt. Sie hat aus ihrem Herzen eine Mördergrube gemacht. Sie hat mich in die offenen Messer ihrer Wohlerzogenheit laufen lassen. Zwar empfing ich, daran kann ich mich erinnern, irgendeine unbehagliche Botschaft, doch entschlüsseln konnte ich sie nicht. Als Cäcilia hinausgegangen war, fand ich nicht gleich den Anschluß an den letzten Gedankengang des Aufsatzes wieder, an dem ich gerade schrieb. Ein kompliziertes Thema: Gut und Böse. Ich neige dazu, das Böse als Funktion des Guten zu betrachten. Dann ist die Welt nur scheinbar in Unordnung. Dann hat alles seinen tieferen Sinn. Aber es gibt auch andere Auffassungen. Ich spielte ein wenig auf dem Computer herum, geriet ins Schachprogramm und verlor eine Partie gegen Fritz. Danach konnte ich mich wieder konzentrieren.

Cäcilia

Der Traum in der Nacht vor Karlas Ankunft ... Ich bin ein Kind, und Karla ist jung und schön. Sie schüttelt den Kopf, die Haare fallen ihr ins Gesicht. Da fehlt etwas, der Anfang, richtig, die Szene wird, diesmal vollständig, wiederholt: Mit dieser ihr eigenen raschen Bewegung hebt Karla den rechten Arm, um die Nadel aus dem Knoten zu ziehen. Sie schüttelt den Kopf. Karlas Haar: eine dunkle Flut, eine stoffliche Metamorphose, hart zu weich, ein paradoxer Vorhang, der das von der strengen Linie des Profils gehütete Geheimnis offenbart. Karla: die Form, die ich in mir selbst zu erkennen versuche. »Schlüpfe in meine Schuhe!« befiehlt Karla. »Zieh mein Kleid an! Nun schau in den Spiegel! Was siehst du?« Ein rundes Köpfchen mit dünnen Zöpfen, die das Kind eifrig löst und striegelt. »Tausend Striche täglich!« mahnt Karla. Im Spiegelgrund taucht ein zweites Gesicht auf, Sylvia, meine Mutter. Sie beginnt mein Haar zu scheiteln und zu flechten. »Niemals«, schreie ich, »will ich wie du sein!« Da nimmt die Mutter ein Stück Kreide aus der Schürzentasche und schreibt auf die schwarze Tafel: »Karla ist böse. Cäcilia will wie Karla sein. Also ist Cäcilia böse.« Ich wische den Spruch geschwind mit dem Häkellappen aus. Statt dessen will ich »Alle Mütter lügen« schreiben, doch die Schrift verblaßt. Karla lächelt mir zu und rafft ihr Haar zusammen, um es zu einem Knoten zu schlingen. Das stürzt mich in bodenlose Angst: »Warum bleibst du nicht bei mir?« Karla wendet sich ab: »Es ist nicht erlaubt, die Vergangenheit mit der Gegenwart zu vermischen – !« – »Wenn jemand die Zeitenfolge durcheinanderbringt, bist du das«, erwidere ich. »Wäre es nicht denkbar«, sagt Karla sanft, »daß wir noch ganz am Anfang stehen?« Ich möchte weinen, denn ich spüre, wie ich Karlas Magie aufs neue verfalle. »Die Zeit läuft nicht ab, sondern wickelt sich auf. Nichts geht verloren ...« Wer soll ihr das glauben? »Bitte«, rufe ich verzweifelt, »bitte, Karla, mach das auch den anderen klar!« Doch Karla entfernt sich. Das Aufstecken des Haares ist wie das Wort Ende in einem Film. »Sei nicht böse«, sagt sie. »Dorthin kann ich dich nicht mitnehmen.« Und während Tränen über meine Wangen laufen, verwandelt sich Karla in eine dünnhaarige Greisin, die mit zitternden Lippen etwas wispert.

Bevor Karla sich in das für sie im Gästezimmer bereitete Bett legte, aus dem alle Schläfer wieder aufgestanden waren, bis sie es in Beschlag nahm, um darin zu sterben, raffte sie für einen großen Auftritt, der nicht nur mich beeindruckte, sondern sogar Paul, ihre letzte Kraft zusammen. Auf beweglichen sehnigen Beinen, um die ihr dünner Rock Wellen schlug, lief sie durchs Haus und kommentierte Mobiliar, Gemälde und in Vitrinen angehäufte Kostbarkeiten, aus denen ich mir überhaupt nichts mache. Da Paul ganz ungewohnt mitteilsam wurde und sich sogar zu fachlichen Erklärungen bequemte, mußte Tante Karla etwas von der Sache verstehen, worüber sich aber nur jemand wundern konnte, der nicht wußte, daß sie aus einem adligen, oder so gut wie adligen, preußischen Haus stammte. Karla war die Halbschwester meiner Mutter aus der zweiten Ehe jenes der Familie ferngehaltenen Großvaters, den ich nie kennengelernt habe. Vor dreißig Jahren war sie nicht nur aus unserem Leben, sondern auch aus den Tischgesprächen verschwunden, als habe sie nie existiert. Vielleicht ist dieses Vergessen, dieser Mord durch Vergessen, ja der Grund, warum ich mich ihr gegenüber schuldig fühle. Sie hatte in meinem Leben eine Rolle gespielt, die mit Wonnen und Schmerzen verbunden war wie eine erste Liebe.

Eine kleine Gestalt, die sich lebhaft von Raum zu Raum bewegte, so wie man durch die Fluchten eines Museums schreitet. »Die neunundneunzig Zimmer!« sagte ich, als Paul ging, um die Vitrinenschlüssel aus seiner Schreibtischschublade zu holen. Karla sah mich aufmerksam mit ihren wimpernlosen Augen an, die wie dunkle Knöpfe in ihrem knochigen Gesicht saßen. »Die silbergerahmten Bilder«, fuhr ich in wiederkehrender Erinnerung fort: »Auffahrt zum Schloß ... Marmorstatue im Park ... Bootssteg im Schilf ... Hast du sie noch?« – »Ich weiß nicht, wovon du sprichst!« erwiderte Karla schroff. Da in diesem Moment Paul eintrat und Karla sich ihm flink zuwandte, wollte ich nicht auf etwas bestehen, das möglicherweise Täuschung war, falsch abgelegte Wahrnehmung aus einer Phase meines Lebens, in der Wirklichkeit und Phantasie sich überlappten.

Straßenbahnfahrten durch eine Stadtlandschaft, die halb in Trümmern lag. Aus den Brennesselwäldern und Hollerbuschdschungeln war das Kind aufgebrochen, um Tante Karla zu besuchen, ein mit Hinweis auf geheimnisvolle Gefahren zeitweise verbotener Umgang, nun auf Widerruf gestattet wegen des kostenlosen Nachhilfeunterrichts in Mathematik. Mein Herz klopfte immer heftiger, je mehr die Bahn sich der Endhaltestelle näherte, wo eine schmale Gestalt von unerklärlicher Eleganz alle Blicke auf sich zog. Die staubige Straße, der schmutzige Flur, die knarrende Treppe – und dann das Zimmer mit den Kissen und Spiegeln, dem Fächer auf dem Nachttisch, dem vielarmigen Leuchter und den Bildern, das ich auf Strümpfen betrat. Hier war ich artig wie nirgendwo, trank den Tee in kleinen Schlucken und kleckste mir behutsam Pflaumenmarmelade auf den Toast. Niemand außer Karla kam damals auf die Idee, das grobe graue Brot zu rösten. »Was möchtest du hören?« fragte sie, und ich nannte aufs Geratewohl einen Namen: »Mozart« oder »Schubert«. Auf einer schwarzen Scheibe kreiselnd, verwandelte eine Nadel das Zimmer in einen Konzertsaal. Ich durfte aufstehen und die Bilder betrachten, die in ihren glänzenden Rahmen lockten wie unerfüllbare Wünsche: die geschwungene Auffahrt mit dem auf zwei zierlichen Säulen ruhenden Vordach. Die hinter Blättern versteckte Skulptur einer griechischen Göttin. Der Steg wie ein Fingerzeig auf das jenseitige Ufer ... Ich konnte nicht genug von den Geschichten bekommen, die zu diesen Bildern gehörten. »Es gab den blauen Salon, den grünen, den gelben, und alle waren vollkommen wie Meisterwerke. Den einen Saal liebte ich wegen des funkelnden Lüsters über der festlich gedeckten Tafel, den zweiten wegen der Vitrine mit den zierlichen Figurinen, den dritten wegen der Samtvorhänge, hinter denen wir Kinder uns beim Spielen versteckten. Der See war ein Sommerwunder mit leisem Wellenschlag und raschelndem Schilf, und er war ein Winterwunder, wo ich auf Schlittschuhen in einen violetten Horizont flog. Wer das Schloß betrat, ging sprachlos vor Staunen durch die Räume. Wer meine Eltern kannte, betete sie an. Meine Mutter...« Eine lange Pause, in der ich jedes Mal vergeblich darauf wartete, daß Karla den Satz ergänzen würde. Statt dessen setzte sie neu an: »Mein Vater...« Danach verstummte sie ganz. Dieses Schweigen hatte etwas Endgültiges, wie das Aufschlagen nach einem Sturz.

Karla besaß ein Geheimnis, das den Andeutungen der Eltern zufolge groß und tragisch war und sie jedesmal überwältigte, wenn sie von dem Schloß mit den neunundneunzig Zimmern erzählte, wo sie aufgewachsen war. (»Neunundneunzig Zimmer? Da kannst du mal sehen, wie sie übertreibt«, sagte Sylvia, die doch das Schloß nie von innen gesehen hat. Ich aber wußte, daß die Neunundneunzig keine mathematische, sondern eine magische Zahl war.) Gar zu gern hätte ich das Geheimnis erfahren, doch nie brach Karla ihr Schweigen, das sie mit jeder Minute mehr zu quälen schien, so daß ich schließlich, um sie abzulenken, auf das Bett sprang, über das eine bunte Fleckerldecke gebreitet war. Dort wartete ich ab, daß Karla die Nadel aus ihrem Haarknoten ziehen, ihre Brille aufsetzen, ein Buch aus dem Regal nehmen und zu mir auf die weiche Matratze kommen würde, wie das als Belohnung für gelöste Rechenaufgaben ausgemacht war. Während Scheherazade ihre Geschichten spann, studierte ich bäuchlings die bunten Stoffquadrate, von denen keines dem anderen glich, changierender Damast neben baumwollenem Kittelschürzenmuster, rauher Drillich neben schmiegsamem Samt. Ein fliegender Teppich aus tausendundeinem Fetzen abgenutzter Wirklichkeit.

Ich beobachtete die alte Frau, der Paul gerade eine Porzellanfigurine aushändigte, ohne auch nur »Vorsicht!« zu sagen, so sehr vertraute er ihr. Nichts in diesem auf den Knochen zurückgeschrumpften Gesicht fand in meinem Gedächtnis eine Spiegelung. War diese Frau überhaupt Karla? War sie womöglich eine Schwindlerin mit gestohlener Identität? So alt und greisenhaft kann man doch gar nicht werden, daß nicht wenigstens noch eine Spur bleibt von der jugendlichen Form. Es war diese Stimme, die jetzt zusammenhanglos, vielleicht hatte ich aber auch etwas überhört, den merkwürdigen Satz sagte: »Das alles hat mit Wirklichkeit nichts zu tun!« Das war der Klang, den ich heute noch im Ohr habe, wenn ich jene Bücher wieder lese. Und als Paul protestierte: »Was man in die Hand nehmen kann, ist wirklich – oder?« verstand ich, was Karla meinte: die Wirklichkeit im Kopf. Die Wörter. Fast ein wenig schadenfroh folgte ich seiner Verteidigung einer Position, die – sagte er – niemand mit gesundem Menschenverstand ernsthaft in Frage stellen könne: daß es eine objektiv nachvollziehbare Wirklichkeit gebe. Karla schüttelte heftig den Hut mit dem aufgebogenen Rand und blieb dabei: Es gebe keinen Aussichtspunkt außerhalb der Wirklichkeit. Und weil wir mitten darin steckten, wüßten wir auch nicht, wie sie beschaffen sei, deshalb machten wir sie uns mit Wörtern zurecht. »Dies«, sagte sie und hielt, während Paul vor Schreck erstarrte, den Arlecchino aus Nymphenburger Porzellan so, als wollte sie ihn auf dem Parkett zerschmettern, »ist nichts. Wie Sie daran denken, wie Sie darüber reden, wie Sie diesen Gegenstand in Ihr System einordnen – *that's it.*«

Ich erkannte den Stimmenzauber meiner Kindheit wieder: Wörter, die sich zu einer Landschaft von Sätzen fügen, deren Bedeutung sich so allmählich erschließt, wie man den Blick erst zu den Bäumen hebt, dann zu den Wolken, dann zu Sonne, Mond und Sternen und den unsichtbaren Planeten in der Tiefe des Universums. Manchmal bilden die Wörter ein Dickicht, in das nicht ein Schimmer von Sinn fällt, dann wieder leiten sie in die Irre wie ein Labyrinth mit gut verstecktem Ausgang, aber meist reiht sich eines ganz selbstverständlich ans andere, so daß man sich auf festem Boden fühlt und dem Ziel vertraut, das an ihrem Ende sichtbar werden muß, denn sie führen immer zu etwas hin.

Paul

»Ist Ihnen nicht gut?« fragte ich. Karla hatte nach meinem Arm gegriffen, ihr Körper krümmte sich wie unter starken Schmerzen. »Es ist nichts«, wehrte sie ab, ließ sich dann aber doch zum Sessel führen, wo sie mit geschlossenen Augen regungslos verharrte. An dem Portwein, den ich ihr anbot, nippte sie nur. »Wollen Sie sich nicht ein wenig hinlegen?« fragte ich, doch Karla schüttelte den Kopf. Vermutlich um uns abzulenken, fragte sie, ob ihre Koffer schon angekommen seien. Sie seien fehlgeleitet worden, nach Hongkong, das habe man ihr auf dem Flughafen mitgeteilt, nachdem sie am Laufband der Gepäckausgabe vergeblich nach ihnen Ausschau gehalten habe. Ihr sei versichert worden, daß sie sofort benachrichtigt würde, sobald das Gepäck wiedergefunden sei. Sie habe unsere Telefonnummer angegeben, das sei doch in Ordnung? Dann begann sie, von Eliza und Bennie und Rosy und Buck zu erzählen, ihren reizenden Nachbarn in New York, mit denen sie immer so viel Spaß gehabt habe, Parties, Picknicks, auch alte Leute amüsierten sich noch gern, das dürften wir ihr glauben – ! Mit einer Entschuldigung zog ich mich in mein Arbeitszimmer zurück, Gut und Böse brannten mir unter den Nägeln. Da Karla am nächsten Morgen schon nicht mehr aufstand und am Abend der Arzt kam und am übernächsten Mittag die Diagnose feststand, gerieten ihr Gepäck, das sie ja nun ohnehin nicht mehr brauchte, wie auch ihre Nachbarn, die sich nicht meldeten, in Vergessenheit.

»Sollten wir nicht deine Eltern benachrichtigen? Karla ist doch Sylvias Schwester – ?« fragte ich Cäcilia, die so etwas immer vergißt, sogar Geburtstage. »Ihre Halbschwester«, korrigierte sie und bat mich, den Anruf zu übernehmen. Cäcilias Verhältnis zu ihrer Mutter ist sehr distanziert, was ich verstehe; Sylvia versucht immer noch, Cäcilia in ihre Schablone einer guterzogenen Tochter einzupassen. Obwohl ich weiß, daß meine Schwiegermutter ihre Gefühle nicht zeigen kann – Cäcilia behauptet, sie habe keine, doch das glaube ich nicht, jeder Mensch hat Gefühle – schockierte mich ihre frostige Reaktion. Jetzt erst trug Cäcilia den Rest der Karla-Geschichte nach, die in ihrer Familie als eine Art Leiche im Keller gehütet wird: wie sie in einer ausgefallenen Schulstunde die Tante unangemeldet besuchen wollte und, als sie mit klapperndem Ranzen die Straße hinunterlief, ihren Vater aus Karlas Haustür treten und in seinen Wagen steigen sah. Wie sie sich versteckte, bis das Auto außer Sicht war und die Welt nicht mehr verstand, als Karla auf ihr Läuten hin nicht öffnete. Da habe sie sich auf ein für Notfälle vereinbartes Klingelzeichen besonnen. Karla habe die Tür aufgerissen –»Du bist es!« habe sie ganz erstaunt ausgerufen. In dem geblümten Morgenrock, mit den ungekämmten Haaren habe sie irgendwie anders ausgesehen als sonst. Eingeschüchtert von dem ungewohnt kühlen Empfang, habe Cäcilia sich erkundigt, ob die Tante krank sei? Karla habe ihr erlaubt, zu tun, was ihre Mutter zu tun pflegte, wenn das Kind krank war: ihr den Puls zu fühlen. Ihr einen feuchten Waschlappen auf die Stirn zu legen. »Das tut gut«, habe Karla gesagt und ihr zugeblinzelt. Da habe sie den Fächer vom Nachttisch genommen und ihn, wie Karla ihr es gezeigt hatte, mit der nach innen gedrehten Hand aufgeschlagen, um über die schwarzen Spitzen hinweg mit ihr zu kokettieren. In diesem Spiel, sagte Cäcilia, hätten sich beide verstellt, auch sie selbst, indem sie Karlas Frage, ob ihr beim Herkommen irgend etwas aufgefallen sei, irgendeine bekannte Person, verneinte. Karla, ohne weitere Erläuterung: »Ich bitte dich: Verrate mich nicht.« Dies habe Cäcilia feierlich versprochen, während schon die Zweifel an ihr nagten: Warum erzählte Karla ihr nicht, daß der Vater bei ihr war? Nicht in Worten, nicht einmal in Bildern, nur in formlosen Befürchtungen habe sie wohl alles gewußt. Wie ein verliebtes Hündchen habe sie immer wieder heimlich ums Haus geschnüffelt, bis sie sicher war, daß der Vater zwei- bis dreimal in der Woche bei Karla zu Mittag aß . . . Die Hölle für Cäcilia. Eine Erwachsenenhölle der Eifersucht.

Während ich darüber nachdachte, ob es wohl in allen Familien (natürlich nicht in unserer, Elisabeth ist über jeden Zweifel erhaben) solche sorgfältig zugedeckten Abgründe gibt, wurde Cäcilias Stimme immer leiser. »Alles«, sagte sie, »hatte sich für mich entsetzlich verwandelt, ein bleiernes Grau lag über der Welt, ich habe wohl den Blick nicht mehr gehoben, denn ich erinnere mich an das Unkraut zwischen den Gehsteigplatten, an Hundekot und Spuckespuren, von den Menschen nahm ich nur noch Schatten wahr. Ich bin krank geworden, doch das Fieber hat mich von meinen Qualen nicht befreit, die mich als Alpträume heimsuchten, aus denen ich schreiend erwachte. Meine Mutter hörte die Wahrheit heraus, sie bohrte nach; mein innerer Widerstand war längst zusammengebrochen, ich mußte wohl in erster Linie mich selber schützen, so beging ich diesen Verrat und brach das Karla gegebene Versprechen. Tage später erwachte ich im Krankenhaus; Masern. Ich wunderte mich weder, warum mein Vater mich nie besuchte, noch fragte ich nach Karla; ich muß alles gewußt und alles verdrängt haben, denn die Nachricht, Karla sei nach Amerika abgereist, habe ich so gleichmütig aufgenommen, als ginge mich das alles überhaupt nichts an.«

Da hatte ich nun geglaubt – und die Widerlegung kränkte mich – meine Frau bis auf den Grund ihrer Seele zu kennen! Warum sie mir das nicht früher erzählt habe, fragte ich sie. Es habe Karlas Rückkehr bedurft, um die begrabene Erinnerung wiederzubeleben, entschuldigte sich Cäcilia. »Was ich nicht ermessen kann«, sagte sie, »ist die Bedeutung dieses Vorfalls für Karla. Bin ich schuld, daß sie damals ausgewandert ist? Oder hatte sie das ohnehin vor?« – » Aber du warst doch noch ein Kind! Sie war erwachsen und ganz allein für ihr Handeln verantwortlich«, sagte ich mit Nachdruck. »Kinder«, erwiderte Cäcilia, »überschätzen ihre Schuld. Diese Last, die ihnen niemand nimmt, weil keiner davon weiß, wächst in ihrem Innern wie ein verborgener Befehl zur Selbstzerstörung.« Das war ein guter Gedanke. Verwertbar. Ich dachte tatsächlich daran, ihn mir sofort zu notieren. Christine hatte gar nicht so unrecht, als sie mir in jener Aussprache, die jede Rücksichtnahme auf meine Gefühle vermissen ließ, vorhielt, daß ich die ganze Familie meiner Arbeit unterwerfe, indem ich niemals daran zu denken aufhöre, nicht einmal bei Tisch. Daß sie Cäcilias vergebliche Anläufe, ein Gespräch in Gang zu bringen, nicht mehr habe mitansehen können. Daß sie selbst es mit mir nicht mehr ausgehalten habe. Daß vermutlich auch Cäcilia nur geflohen sei, um sich aus der Monotonie unseres Lebens zu retten. Daß, mit anderen Worten, ich derjenige gewesen sei, der Frau und Tochter aus dem Haus getrieben hätte – !

Nie zuvor in meinem Leben war ich so wütend. Ich schrie. Ich schlug mit der Faust auf den Tisch, daß die Meerschaumpfeife über die Kante sprang und zerbrach. Es half ja nichts. Christine drehte sich um, ging aus der Tür, verließ das Haus. Ich konnte sie doch nicht festhalten. Einsperren. Was nicht gar. Arbeitet ein Mann nicht, um seine Familie zu ernähren? Christine hat mich ausgelacht, als ich so argumentierte. »Du machst dir etwas vor!« sagte sie. Nun ja. Es stimmt: Schreiben ist Egoismus. Sucht. Bestimmt war es falsch, in jenem Moment, als Cäcilia von ihrer Erzählung, oder vielmehr Beichte, so aufgewühlt war, daß sie zitterte, leichthin zu sagen: »Ein interessanter Gedanke! Vielleicht kann ich ihn in meinem Essay verwenden.« Ich war aufgestanden und hatte sie allein gelassen. Es zog mich unwiderstehlich an meinen Schreibtisch. Wahrscheinlich hätte ich nicht heiraten sollen.

Wie sollte ich Stefanie erklären, was mit Karla vor sich ging? »Sterben«, sagte ich, »ist so ähnlich wie schwanger sein. Der Zug fährt; du kannst nicht abspringen.« Stefanies Augen weiteten sich. Der Vergleich mit dem Kinderkriegen überzeugte sie offenbar nicht. »Was ich meine, ist dieses Ausgeliefertsein an deinen Körper. Du hast keine Wahl.« Sie stocherte mit dem flachen Löffel im Zitroneneis. Wir hatten uns zufällig in der Markthalle getroffen und saßen nun im Venezia unter den Arkaden, wo es auch an einem heißen Tag wie diesem zugig und kühl war. »Hast du mit Paul darüber gesprochen?« fragte sie. »Paul – !« sagte ich. »Seit Christine ausgezogen ist, hat er sich ganz in seiner Arbeit verschanzt. Er arbeitet bis drei Uhr morgens, läßt das Frühstück aus und absolviert das Mittagessen mit einer Miene, als sei ich an allem schuld.« Wie immer, wenn ich mich über Paul beklagte, bemühte sich Stefanie sogleich, mir ihren Bruder offenzulegen: »Paul hält Krankheit schlecht aus. Seine Besuche bei meinen Geburten waren immer sehr komisch. Er sagte guten Tag und wickelte seinen Strauß aus. Dann lief er hinaus, um eine Vase zu besorgen. Er setzte sich für eine Minute hin und sprang wieder auf, setzte sich, sprang auf und verschwand unter dem Vorwand, mit dem Arzt reden zu müssen.« Wir kicherten; das war das Äußerste, was wir uns an Respektlosigkeit erlaubten.

»Sie saugt alle meine Kraft aus mir«, sagte ich. »Sie frißt mich auf. Wenn ich wüßte, sie würde wieder gesund, wäre ich zu jedem Opfer bereit. Doch sie stirbt!

Ich halte das nicht länger aus.« Stefanie schaute hinüber zur Kirche. Sie sagte zwar nichts, auch das gehört zur Familienverabredung, dem anderen nicht den eigenen Glauben aufzudrängen, aber ich wußte, was sie meinte. Mir war nach handfesterem Rat zumute. »Vielleicht weiß Georg, wie man mit einer solchen Situation umgeht«, sagte ich. Die Familienregeln gestanden jedem Mitglied zu, den Rat eines beliebigen anderen Mitglieds in Anspruch zu nehmen. Stefanie legte den Löffel auf das mit Tortenpapier bedeckte Tablett und die Hand an die Schale. Das Eis war zu einer milchigen Flüssigkeit geschmolzen. Ich wußte, sie würde den Becher gern an die Lippen führen. Und es trotzdem nicht tun. Das tut man nicht. Obwohl es schade ist um das viel zu schnell zergangene Eis. »Du ahnst nicht, wie hilflos Georg ist«, sagte sie. »Er ist aus purer Hilflosigkeit Arzt geworden. Wenn er wochenlang um das Leben eines Patienten gerungen und ihn gerettet hat, ist er wie erlöst, er spielt mit den Kindern, geht mit mir aus, du erkennst ihn nicht wieder, er lacht sogar. Wie unbeschwert er lachen kann! Aber es hält nicht lange vor, denn wer auf seiner Station liegt, stirbt, auch wenn er einmal davongekommen ist, beim nächsten Mal. Wenn Georg den Kampf aber verloren hat, glüht er innerlich von einem leidenschaftlichen Zorn, der ihn Tag und Nacht in die Klinik treibt.«

In diesem Moment sah ich Ben zum erstenmal. Ein auffällig gekleideter, gutaussehender Fremder; so wie er daherschlenderte und sich umsah, ein Tourist. Es war vor allem die rosa Weste, die meine Aufmerksamkeit auf sich zog, sie hatte eine ganz besondere Farbe, die

Karla bestimmt gefallen hätte. Ich hatte herausgefunden, daß die Kranke auf schöne Dinge reagierte, auf Blumen, buntes Glas, kostbare Stoffe. »Schau, Karla – ist das nicht wundervoll?« pflegte ich zu sagen, indem ich ihr eine venezianische Vase zeigte oder einen seidenen Schal unter die Hände schob. Dann kam sie an die Oberfläche des Dämmerschlafs, in dem das Schmerzmittel sie gefangenhielt, öffnete die Augen, bewegte ihre Fingerspitzen und lächelte, nur für Sekunden, doch es bewies, daß Karla noch zu den Lebenden gehörte. Wie es sein würde, wenn sie gestorben wäre, konnte ich mir nicht vorstellen. Wäre ihre Seele, wenn sie den Körper verlassen würde, für immer fort? Oder bliebe sie, unsichtbar, noch ein wenig in der Nähe? Ich kann nicht glauben, daß wir, wie Georg behauptet, nur eine Funktion des Stoffwechsels sind, mit dem das Ich erlischt. Paul, der es doch besser wissen müßte, weicht dieser Frage aus.

Aus einem Pulk von Schülerinnen löste sich Christine. Unschlüssig blieb sie in der Nähe des Tisches stehen. Ich kämpfte noch mit mir, als Stefanie sie zum Sitzen einlud. Da nickte Christine den anderen Mädchen abschiednehmend zu und hakte ihren Rucksack an die Lehne des freien Stuhles. In Stefanies Gegenwart brachte ich es nicht fertig, meiner Tochter mit dem Schweigen zu begegnen, das ihr meine Verletztheit vor Augen führen sollte. Ich war ihr böse, weil sie die Ordnung, die unser Leben zusammenhielt, aus purem Egoismus zerstört hatte. Aber ich war auch traurig, denn sie fehlte mir. Sie hatte mich allein gelassen, obwohl sie wußte, daß Paul an die Familie glaubte, nicht an die

Ehe … So war es Stefanie, die sich leichthin nach dem Befinden von »Julia und Romeo« erkundigte. »Es geht uns gut«, sagte Christine auf eine Weise, die bedeutete: »Das geht euch nichts an.« Nun konnte ich mir doch die Frage nicht verkneifen, wie es um die Vorbereitung auf ihr Abitur stehe? »Mach dir deswegen keine Sorgen!« antwortete Christine, rührend froh, daß ich das Schweigen brach, »ich habe noch keine Stunde versäumt. Und keine Arbeit verhauen.« Sie rückte mit ihrem Stuhl ein wenig näher. »Du bist so blaß, Mama«, sagte sie. »Stimmt es, daß die Tante aus New York im Sterben liegt?« – »Es stimmt«, sagte ich. Und behielt, was das bedeutete, für mich. Christine konzentrierte sich auf ihren Eisbecher. Stefanie dachte nach. »Eine Pflegerin!« sagte sie. »Das ist die Lösung. Soll ich Paul darauf ansprechen?« Ich nickte. Paul akzeptiert Vorschläge praktischer Art, wenn sie von Stefanie kommen, vorbehaltlos. Auch mußte ich an mich halten, um meine Tochter nicht zu tadeln, die den Eisbecher an die Lippen setzte, als sei er ein Trinkgefäß.

Paul

Als fest stand, daß Cäcilia verschwunden war, hatte ich die Pflegerin, ein hinter Schürze und Haube zurückgenommenes Wesen, in mein Arbeitszimmer gebeten. Etwas chronisch Beleidigtes in ihrer Haltung hatte mich ihr zuvor ausweichen lassen; Cäcilia lobte ihre Arbeit, das genügte mir. Nun löste meine Nachfrage, so behutsam sie formuliert war, eine Sturzflut von Worten aus, ganz als habe der Damm, hinter der ihre Mitteilsamkeit sich staute, nur darauf gewartet, endlich bersten zu dürfen: »Wer konnte ahnen, wie das enden würde? Am Anfang schien alles ganz normal zu sein, so weit der Tod eben normal ist. Ihre Frau beklagte sich, die Tante sei eine so schwierige Patientin, halte die Bettdecke, die man richten will, unter dem Kinn fest, spucke die Nudelsuppe, mit der man sie füttert, auf die Serviette – ! Nicht schwieriger als andere, kann ich Ihnen versichern, es ist der Krebs, der die Kranken böse macht. Wenn es ihr besser ging, log die Frau Karla, mit Verlaub gesagt, das Blaue vom Himmel. Eine Wohnung in New York mit Balkon auf den Central Park hinaus und einer Bar im Wohnzimmer, wo allerlei *beautiful people* sich zum Cocktail versammeln, die Herren mit roten Nelken im Aufschlag, die Damen mit weißen Häkelhandschuhen, wer glaubt denn so was. Bridgepartien, Picknickausflüge, Candle-light-dinners –!« Sie sprach die englischen Wörter mit tadellosem Oxford-Akzent aus. »Wenn Sie mich fragen: In solchen Kreisen trägt man kein derart schäbiges Nachthemd aus billigem Flanell, man weiß gar nicht, wo es so etwas zu kaufen gibt! Die Frau Karla war ja eine solche Schauspielerin! Sie schlug die Augen auf und quengelte: ›Warum ist über diesem Bett kein Baldachin? Einen Baldachin aus weißem Tüll will ich haben wie zu Hause in unserem Schloß!‹ Als ob sie eine Prinzessin wäre – ! Frau Cäcilia war wirklich gut zu der Kranken, manchmal zu gut, sie hat sich damit überfordert, ihr jeden Wunsch von den Lippen abzulesen. Sie lief sofort aus dem Haus und kam mit ein paar Metern Tüll zurück, den sie um das Kopfende drapierte, doch leider hatte die Kranke, so sind sie eben, in der Zwischenzeit das Interesse daran verloren, und der Staubfänger wurde stillschweigend wieder entfernt.« Ich fragte mich, ob diese unscheinbare Frau vielleicht ein Doppelleben führte? In ihrer zweiten Existenz vornehme britische Lords auf ihren Schlössern pflegte? »Dann tauchte die verfluchte – verzeihen Sie, ich meine das wörtlich: es muß ein Fluch darauf liegen – Fleckerldecke auf. Ihre Frau hatte bemerkt, daß die Kranke, wenn sie wach war, Blumen und schöne Gegenstände mit einem Ausdruck des Entzückens betrachtete und begann, das Haus nach Dingen zu durchstreifen, die ihr Freude bereiten könnten. Sie stellte etwa eine Porzellanfigur oder ein farbiges Glas auf das Tischchen am Bett und ließ sie dort, bis Frau Karla den Blick wieder abwandte. Ihre Frau war unermüdlich, sie gab vor, das Suchen mache ihr Spaß, denn sie sehe auf diese Weise viele der gewohnten Dinge mit neuen Augen. ›Schönheit‹, behauptete sie, ›ist das einzige, woran Karla glaubt.‹ Es geht mich ja nichts an«, sagte die Pflegerin mit einem Augenaufschlag zu der holzgeschnitzten Pietà hinter mir, »aber ich weiß, daß dies ein christliches Haus ist. Auch in dem Holz dort oben klopft der Wurm.« Konspirativ beugte sie sich nach vorn: »Schönheit ist ein Teufelstrick, nicht wahr?« Ich schwankte, ob ich mich über die Vertraulichkeit in *hoc signo* ärgern oder sie lächerlich finden sollte: »Wie kommen Sie denn auf diese Idee?« Die Pflegerin lehnte sich, offenbar enttäuscht, in meinen Besuchersessel zurück: »Nun ja. Es gibt eben die offizielle Theologie und das Wissen des Volkes. Fragen

Sie, wen Sie wollen, nur studiert darf er nicht haben, nach seiner Begegnung mit dem Bösen, und er wird Ihnen bestätigen, daß am Anfang immer eine Verführung stand. Eine schöne Frau, der Glanz des Geldes, die Pracht der Macht. Wen er vernichten will, den schlägt der Teufel mit Phantasie, die gaukelt ihm irgendein Paradies auf Erden vor, der Narr springt in die Falle, als hätte er ein Gummiseil um den Knöchel, das ihn wieder emporreißt, statt dessen landet er kopfüber im Morast. Die Frau Karla, das sage ich Ihnen aus meiner langjährigen Praxis, hat ganz tief darin gesteckt. Es kommt immer wieder vor, daß eine Seele sich Gott verweigert, aber so verstockt wie sie sind nur wenige – !«

Meine Gedanken verfolgten diese neue Maske des Bösen durch ein Labyrinth von Möglichkeiten. »Die Sterbende setzte alles daran, Ihre Frau zu verwickeln«, fuhr die Pflegerin fort. »Viele wollen diesen Weg nicht allein gehen und schleifen die Zeugen ihres Abschieds ein Stück mit, manch einer hat dann nicht mehr ins Leben zurückgefunden. Ich habe ja alles versucht, um Ihre Frau zu schützen, aber da war nichts zu machen, sie schickte mich manchmal sogar aus dem Zimmer. So habe ich auch das Rätsel der Fleckerldecke nicht lösen können, die sie in einem alten Koffer auf dem Dachboden gefunden hat. Es war wie ein böser Zauber. Sie legte den Fetzen Frau Karla aufs Bett. Die betastete das Zeug, krallte ihre Spinnenfinger hinein, zog es sich übers Gesicht und fing an zu weinen, wie ich noch nie jemanden habe weinen sehen, Tag und Nacht, Tag und Nacht ... Und Frau Cäcilia weinte mit ihr, gemeinsam schluchzten sie das Elend der Welt in den bunten Lumpen, ich hätte am liebsten auf der Stelle gekündigt. Dann fing die Sterbende an, vom Krieg zu reden, das ist normal, man geht Schritt für Schritt zurück, wenn man mit dem Leben abschließt. Sie muß furchtbare Dinge erlebt haben, doch wer hat das nicht, ich kann mich noch gut an die Erzählungen meiner Mutter erinnern, von Fliegeralarm und Luftschutzkellern und brennenden Menschen, die ins Wasser sprangen, und wenn sie herauszuklettern versuchten, brannten sie weiter. Nur nicht daran denken! Mit diesen Kriegsgeschichten richtete sie Frau Cäcilia zugrunde, die bis dahin ganz gut mit der Situation fertig geworden war.

Meist flüsterten sie, so daß ich fast nichts verstand. Einmal erschrak Ihre Frau, sie traute offenbar ihren Ohren nicht, denn sie fragte ein halbes dutzendmal: ›Ist das wahr, Karla? Wirklich und wahrhaftig?‹ Sie können sich vorstellen, daß ich meine Ohren spitzte« (ich ertappte mich dabei, daß ich zustimmend nickte), »doch habe ich nicht herausfinden können, was die Frau Tante zu beichten hatte, abgesehen davon, daß sie alle irgendwas zu beichten haben, wenn nicht den Verwandten, dann dem Pflegepersonal oder dem Pfarrer, auch das ist ganz normal. Oft ist es eine Kleinigkeit, ein böses Wort, eine unbeglichene Schuld, man wundert sich, was manche Menschen sich so zu Herzen nehmen, gelegentlich ist es aber auch ein Verbrechen. Wovon auch immer die Sterbende ihr Gewissen zu erleichtern hatte, es muß Ihre Frau sehr erschüttert haben, denn danach war sie nicht mehr dieselbe. In der Morphiumphase, in der die Kranken nur noch schlafen, fand Frau Cäcilia keine Ruhe, sie ging abends aus, spazieren oder was, und kam jede Nacht später heim.« Pause; nicht einfach so, sondern voller Bedeutung. Ich fühlte mich ertappt, denn meine Gedanken waren am unvergebenen Bösen hängengeblieben, das man mitnimmt ins Grab und darüber hinaus. Was hatte die Pflegerin zuletzt gesagt? Ach ja. Cäcilia hielt es im Krankenzimmer nicht aus, ging nachts noch einmal vor die Tür, um frische Luft zu schnappen. »Sie wird im Garten auf und ab gegangen sein«, sagte ich. »Nein, nein!« Das kam wie aus der Pistole geschossen – das war vorausbedacht und rhetorisch vorbereitet: »Sie blieb stundenlang weg. Bis Mitternacht und länger.« Nun war ich in Verlegenheit; das fehlte noch – Cäcilia irgendwelchen Verdächtigungen preiszugeben! »Wir gehen alle spät schlafen«, sagte ich. Die Pflegerin entnahm meinem Tonfall, daß der Samen der Zwietracht, den sie zu säen versuchte, nicht aufgehen würde. »Ich meine ja nur«, sagte sie. »Damit Sie nicht aus allen Wolken fallen ... Schließlich das Koma. Ihre Frau wich nicht mehr von der Seite der Sterbenden, die sich buchstäblich an ihr festklammerte und sie in einem letzten Aufbäumen fast erstickt hätte. In welcher Verfassung die Tote Frau Cäcilia zurückgelassen hat, wissen Sie.«

In der Tat. Als Karla gestorben war, verfiel Cäcilia in einen Zustand, der nicht mehr normal war. In die bunte Decke gewickelt, die ich am liebsten auf der Stelle verbrannt hätte, hockte sie in der Schlafzimmerecke und reagierte auf nichts. Sie aß nicht, sie trank nicht, sie schlief nicht. Der Hausarzt gab ihr eine Beruhigungsspritze, danach konnten wir sie wenigstens ausziehen und ins Bett bringen. Am Tag der Beerdigung – zu der ihre Eltern genausowenig erschienen, wie sie sich am Krankenbett hatten sehen lassen, was ich, trotz allem, was da irgendwann einmal gewesen war, empörend fand – lag sie in künstlichem Schlaf. Karlas Leichnam wurde von meiner Familie zur letzten Ruhestätte begleitet. Sie in unsere Gruft zu betten, kam natürlich nicht in Frage, doch haben wir einen idyllischen Platz gefunden, ein kürzlich aufgelassenes Grab an der efeubewachsenen Friedhofsmauer, wo die schmiedeeisernen Kreuze mit den bunten Porzellanintarsien stehen. Cäcilias Befinden besserte sich auch nach Tagen nicht. Der Arzt zuckte die Achseln: Ein solcher Fall von Trauer sei ihm in seiner Praxis bisher nur einmal begegnet; jener Patient, der nicht über den Tod seiner Frau hinwegkam, habe sich schließlich ein Taucherblei um den Leib gebunden und sei in den Fluß gesprungen. Also behielt ich die Pflegerin, die ursprünglich für Karla engagiert worden war und schärfte ihr ein, die neue Patientin nicht aus den Augen zu lassen. Mit Gemüsebrühe, Kartoffelbrei und Lithium wurde Cäcilia – scheinbar – in die Wirklichkeit zurückgeholt. Sie saß mit gefalteten Händen in ihrem Bett, lächelte rätselhaft, und plötzlich war sie verschwunden. Es stellte sich heraus, daß sie von einem unbekannten Zeitpunkt an die verordneten Tabletten in die Blumenvase geworfen hatte. Das hätte ihr doch auffallen müssen, hielt ich der Pflegerin vor, daß die Blumen ständig eingingen –! Die Frau, die es sich in meinem Besuchersessel so bequem gemacht hatte, wie es dessen harte Lehne zuläßt, drückte wehrhaft das Kreuz durch: »Gegen so viel Hinterlist kommt man eben nicht an!« Cäcilia aber ist fort.

Mit klarem oder verwirrtem Verstand? Jedenfalls mit Gepäck. »Sie haben viel Erfahrung«, schmeichelte ich ihr. »Bitte sprechen Sie ganz offen. Was war Ihrer Meinung nach die Ursache für die Persönlichkeitsveränderung meiner Frau?« Sie zog eine Schulter hoch, die andere blieb unbewegt wie unter dem Gewicht des unsichtbaren Katers Luzifer; eine Hexe. Die mir ein Guckloch aufs Fegefeuer öffnete: »Cäcilias Seele ist mit Karla über die Grenze gegangen. Selbst wenn sie zurückkehrt, wird sie nicht dieselbe sein.« Spökenkiekerei, widerwärtige. Ich holte das Scheckbuch aus der Schublade und schrieb eine Zahl hinein; höher als die vereinbarte Summe, aber nicht so hoch, daß die Frau hätte glauben können, sie sei mir über die Erfüllung ihrer Pflicht hinaus nützlich gewesen.

Wir ließen Cäcilia suchen; einerseits wollten wir kein Aufsehen erregen, andererseits war ein Selbstmord, an den ich nicht glauben konnte, dennoch nicht ganz ausgeschlossen. Ein Taxifahrer meldete sich: Er habe die beschriebene Dame morgens um fünf an unserer Gartentür abgeholt und samt einer Reisetasche und einem Rollenkoffer zum Bahnhof gefahren. Ich muß den Tatsachen ins Auge blicken: Meine Frau hat mich verlassen. Und meine Tochter behauptet, ich sei selbst schuld. Und meine Schwester meint, ich hätte mich mehr um meine Familie kümmern sollen. Und meine Mutter wirft mir vor, ich hätte die falsche Frau geheiratet. Und alle erwarten von mir, daß ich etwas unternehme. Und was wird aus meinem Essay?

Karlas Stimme war ein scharfes Wispern an meinem Ohr: »Es war eine undurchschaubare Zeit. Freund und Feind waren nicht voneinander zu unterscheiden, erst recht nicht Täter und Opfer. Dieses Gerippe im gestreiften Drillich hatte nichts Menschenähnliches mehr, es war der verkörperte Hunger. Ich war blind vor Angst. Er oder ich – ! Zu einem menschlichen Leben wurde er erst, als er am Boden lag, ein zuckender Körper mit einem entsetzlich zugerichteten Kopf, dessen Röcheln mich bis ins Knochenmark frieren ließ, ehe es in blutigem Schaum erstickte.« Solange die Pflegerin sich am Nachttisch zu schaffen machte, schwieg Karla, ihre Augen starr auf mich gerichtet, als ob sie mich mit ihrem Blick für immer an sich binden wollte. Noch verstand ich nicht, warum ihre Beichte mir solche Angst machte. Noch war, was sie mir sagen wollte, nicht in meinem Bewußtsein angekommen. Was ich noch nicht realisiert hatte, rief dennoch Gegenwehr hervor: »Du zerstörst mein Leben«, sagte ich, mich abwendend. Sie krallte ihre allzu langen Fingernägel in meinen Arm: »Was ist das schon – Leben! Ein paar Jahre, die verfliegen, sonst nichts. Nicht einmal bei der Zuteilung von Erfahrung herrscht Gerechtigkeit. Die meisten werden durch das Glück des Nichtwissens geschützt, ihnen geht die Wahrheit erst in einem Alter auf, in dem sie so viel Schönheit gespeichert haben, daß sie sich mit den Kosten abfinden können. Mir wurde die Rechnung zu früh präsentiert. Mein Vater küßte meine Mutter und mich, stieg in ein Cabriolet und fuhr in einen Krieg, aus dem er nicht mehr zurückkehrte. Meine Mutter wartete auf ihn, obwohl alle ihr nahelegten zu fliehen, ihre Erziehung stammte aus einer anderen Zeit, sie glaubte an die Ritterlichkeit der Sieger gegenüber den Besiegten und stand auf der Freitreppe, um den kommandierenden Offizier zu begrüßen, als die Russen vorfuhren, doch es war keiner dabei. Sie schrie nicht einmal, so überrascht war sie, vermutlich hat sie gar nicht verstanden, was vorging, ich übrigens auch nicht, jemand hielt mir die Augen zu, ich hörte nur das Johlen der Soldaten, dann fielen Schüsse und auf der Erde lag ein verrenkter, blutiger Leichnam, das war nicht meine Mutter. Die Dienstboten versteckten mich, schoren mir das Haar, zogen mir zerlumpte Hosen an, das bewahrte mich vor einem ähnlichen Schicksal. In Männerkleidung, bewaffnet mit dem Revolver meines Vaters, habe ich mich ein paar Wochen später in den Westen durchgeschlagen, von dieser Höllenfahrt habe ich nie jemandem erzählt. Aus dem Chaos des verlorenen Krieges habe ich mich, wie alle anderen, herausgehungert und hochgearbeitet, und niemand ahnte, daß das Leben, das ich mir aufbaute, nur eine Tarnung war, Blätter und Ranken über der Grube, in die ich jede Nacht zu meinen Toten hinabstieg, zu meinem Vater mit dem Verband um die Augen, zu meiner Mutter, die mir ihr Gesicht nicht zeigte, zu dem Dritten mit dem zerschossenen Kopf. Ich lebte scheinbar wie andere, aber ich war kein Mensch wie die anderen. Es hat lange gedauert, bis ich begriff, was mich von euch unterschied. Ich war innerlich tot. In jenem Moment, als meine Mutter ermordet wurde, starb auch ich. Da ich aber weiterlebte, wurde ich zur Mörderin. Es war kein Zufall, daß ich in einem verlassenen Schützengraben jenem armen Kerl begegnete, der dem Grauen irgendeines Lagers entkommen war; es war die Feuerprobe. Die Karla, die ich früher war, hätte ihm vertraut und dafür womöglich mit dem Leben bezahlt. Vielleicht hätte ihn dieses Vertrauen aber auch gerührt, und wir hätten beide überlebt. Doch ich hatte kein Vertrauen mehr.« – »Es war Notwehr«, sagte ich, mehr um meinet- als um ihretwillen. »Objektiv ja«, flüsterte Karla. »Aber Schuld ist nichts Objektives. Sie bestrafte mich mit einem Leben, um das mich kein Toter beneidet hätte. Nur wer lebt, hat Hoffnung.« Da lag sie, sterbend, und zwang mir ihre Lebenslast auf.

Nach Karlas Beichte bin ich, Cäcilia, die Laue, die Choräle nicht mitsingt und Predigten verträumt, die, wenn von Gott die Rede ist, an ihn wie an einen Verwandten von Paul denkt, »Pauls Gott«, untadelig wie er, humorlos wie er, in die schönste Kirche der Stadt gelaufen, ein mit barocken Schätzen angefülltes gotisches Gehäuse, das zwischen den Gottesdiensten verlassen zu sein pflegt; ich habe mich in eine Bank ganz vorn gesetzt und ein Gebet gemurmelt, in dem mehrmals die Wendung »Lieber Gott, laß das nicht wahr sein!« vorkam. In den dämmrigen Seitenschiffen ging jemand umher, dem Rhythmus von Stehen und Gehen zufolge ein hier und dort in Betrachtung verharrender Besucher, auf den ich nicht achtete. Er trat hinter mir aus der Kirche und stieg die Treppe hinunter, während ich von der Sonne geblendet unter dem Rundbogen des Portals stehenblieb. Hätte er mich nicht angesprochen, hätte ich mich wohl überhaupt nicht daran erinnert, daß jemand mit mir zusammen die Kirche verließ. Am Fuß der Treppe drehte er sich um. Es war der Fremde, der mir aufgefallen war, als ich mit Stefanie im Eiscafé saß. Er musterte mich auf eine Weise, die mir peinlich war, und deutete eine Verbeugung an: »Schöne Frau!« In seinem weißen Anzug wirkte er auf meine durch den wochenlangen Aufenthalt im verdunkelten Krankenzimmer lichtentwöhnten Augen wie eine Erscheinung, ein Wesen von einem anderen Stern, wenn nicht direkt aus dem Himmel. »Sie haben unglaublich lange Beine – !« sagte er. Ich wurde rot, als ich begriff, daß der dünne Stoff meines Kleides meinen Körper im Gegenlicht bis zum Schritt entblößte.

In jedem anderen Moment meines Lebens hätte ich einem wie ihm die kalte Schulter gezeigt. In keinem anderen Moment hätte so einer mich anzusprechen gewagt. Doch ich war widerstandslos, ein vom Baum nicht mehr genährtes Blatt, das dem ersten Luftzug nachgibt. Er kam gleich zur Sache: »Darf ich's wagen, Arm und Geleit ...« Das fand ich geschmacklos und trotzdem schmeichelhaft. Dieser Fremde sah wirklich sehr gut aus. »Ach, Gott. Faust!« sagte ich, um ihm zu zeigen, wie wenig er mir imponierte. »Was ist geeigneter, um eine Frau anzusprechen, die aus der Kirche kommt?« Jetzt erst bemerkte ich seinen amerikanischen Akzent. Er sprang die Stufen hinauf: »Leben Sie hier? Wissen Sie überhaupt, was für ein Kleinod diese Stadt ist? Gotisch bis auf die Grundmauern!« Halb vor, halb neben mir, verwirrend nah, bot er mir, was ich kannte, den Kirchenvorplatz, mit der beschenkenden

Geste eines Fremdenführers dar. Er faßte mich am Arm, drehte mich zum Portal: »Haben Sie sich dieses Tympanon schon einmal genauer angesehen? Christus, eingeschlossen in das Auge der Mandorla, die Rechte segnend erhoben, die Linke ruhend auf der Heiligen Schrift –« So viele Kirchenbesichtigungen in meiner Urlaubsbiografie, aber diese hier, in Pauls Stadt, hatte ich versäumt. Ein Ausländer mußte kommen, damit ich die vier Flügelwesen entdeckte: Löwe. Engel. Adler. Stier. »Schauen Sie: Löwe und Stier halten mit Pfoten und Hufen je ein Buch aufrecht, der Adler hat eines in seinen Klauen, der Engel trägt seines unter dem Arm. Sie wissen, was sie symbolisieren?« Ein Schweißtropfen kitzelte in meiner Achselhöhle, wie bei Frau Doktor Weber im Kunstunterricht, wenn ich die Antwort nicht wußte. Die Nachfrage war rhetorisch, Aufmerksamkeitswerbung, denn der Fremde sprach ohne Pause weiter: »Die vier Evangelisten. Der Steinmetz muß am Hauptportal der Kathedrale von Chartres Maß genommen haben«. – »Chartres«, sagte ich. »Da war ich schon mal.« Wie schulmädchenhaft das klang. Wie wenig weltläufig. »Wir Bauleute waren schon immer Nomaden, zogen von einem Ende Europas zum anderen, trugen im Ränzel die byzantinische Basilika nach Kiew, die gotische Kathedrale nach Danzig, das Schloß von Versailles nach Petersburg ...«

Er warf mir einen prüfenden Blick zu, als ob er die Wirkung seiner Worte kontrollieren wollte. Ich befreite meinen Arm. »Der Osten«, sagte ich und meinte: nicht nur eine Himmelsrichtung. Doch der Fremde folgte einem anderen Pfad: »Die Gotik! Der frühen Neuzeit erschien sie barbarisch; welch groteskes Mißverständnis! Die finsteren, nach Verwesung riechenden Bäuche der romanischen Basiliken haben die Baumeister der Gotik für das Licht des männlichen Gottes bereit gemacht, indem sie ihre Wände kunstvoll durchbrachen und die gebündelten Strahlen der Verkündigung in das Kirchenschiff lenkten.« Wieder der Seitenblick. Etwas an diesem Vortrag war beunruhigend. Ja: erotisch. »In das Schmelzglas für die Fenster wurden pulverisierte Saphire gemischt, wußten Sie das, damit das Licht das Blau des Universums annahm. Auch diese Kirche muß ein solches Juwel gewesen sein, an dem Reformation und Gegenreformation ihre Zerstörungswut abreagiert haben. Wo sind die vielfarbigen Glasfenster mit ihren biblischen Geschichten? Eingeworfen von lutherischen Bilderstürmern –! Was haben marmorierte Säulenattrappen, vergoldete Puttos in einem Kirchenschiff verloren, das die Vergeistigung der Materie versinnbildlichte – ! Wenigstens ist die Außenhaut unversehrt.« Wieder fühlte ich mich am Arm gepackt und ungefragt gesteuert – die Treppe hinunter, um die Kirche herum: »Bemerken Sie den Kontrast dieser massiven Verstrebungen zu der schwebenden Gestaltung des Innenraums? Das ist der Preis, den die Statik fordert. Die Gesetze der Schwerkraft lassen sich zwar umlenken, aber nicht außer Kraft setzen.«

Während ich gegen die Vorstellung ankämpfte, genau in diesem Augenblick werde Schwiegermutter Elisabeth um den nächsten Strebepfeiler biegen, bemächtigte der Fremde sich meiner Phantasie: »Wie Glucken hockten die mittelalterlichen Kathedralen über dem

Häusermeer. Wenn die Menschen auf dem Grund der dunklen Gassen den Kopf in den Nacken legten, erschien ihnen über den Dächern himmlische Architektur. Maßwerk, Spitzbogen, Rosetten, Kapitelle, Türmchen schimmerten im Licht, als sei das Neue Jerusalem zum Greifen nahe –. Kommen Sie hier her! Stellen Sie sich genau da hin!« Dem Druck seines Daumens konnte ich nur nachgeben. »Sehen Sie, wie sich die Turmspitze im Gegenlicht entstofflicht? Wie sie zum Wegweiser ins Jenseits dieser wunderbaren Wolkenformationen wird?« Wieder wurde ich manipuliert: »Ihr Städtchen weist in seinem Kern noch die ursprüngliche gotische Straßenführung auf, obwohl die Häuser aus einer späteren Zeit stammen. Feuersbrünste verwandelten die Städte in riesige Scheiterhaufen, das Fachwerk brannte wie Zunder, nur die steingebauten Kathedralen hielten dem Inferno stand. Manche überdauerten sogar die Bombenteppiche des Zweiten Weltkriegs.« Er unterbrach sich, als ob er mir Gelegenheit geben wollte, genau die Frage zu stellen, die mir auf der Zunge lag: »Sind Sie Deutscher?« – »Ursprünglich ja. Ich bin in den sechziger Jahren mit einem Stipendium in die USA gegangen und habe mich in der Zwischenzeit einbürgern lassen.« Er stellte sich vor: Benjamin S. Kempe, Architekt, früher Berlin, jetzt New York.

Gegen alle Konvention ließ ich mich von ihm in ein Café einladen, dessen Wahl ich gerade noch beeinflussen konnte; es lag unter dem Niveau von Pauls Familie und war folglich einigermaßen sicher. Freilich nicht vor Christines etwas zwielichtigem Umgang. Etwas in mir hatte sofort angefangen, die Umgegend daraufhin zu beobachten, ob ein noch nicht einmal gewünschter, geschweige denn geplanter Sündenfall eventuelle Zeugen hätte. Der Fremde war ein guter Zuhörer. Wer hörte mir sonst schon zu! Erst tröpfelten die Worte, dann prasselten sie. Mein Gewissen besänftigte ich mit den Beruhigungsformeln, nach denen es verlangte: Ich tat doch nichts Verbotenes! Heute abend würde ich zu Paul sagen: »Stell dir vor, was mir passiert ist...« Und Elisabeth, falls wir ihr wirklich begegnen sollten, würde ich den Fremden einfach vorstellen: Benjamin S. Kempe, fremder Führer einer Reise durchs Heimische. Nie zuvor war mir das Städtchen so reizvoll erschienen: über dieser tief versenkten Kellertür die verwitterte Spitze. Dort ein Rest echten alten Kopfsteinpflasters. An jener Traufe der teufelsköpfige Wasserspeier. Die schmiegsamen Linien der Gassen, deren handgeglättete Mauern zu atmen scheinen, als hätten die Häuser eine lebendige Haut. Und erst die Arkaden! Kreuzweise geripptes Gewölbe, Bogen an Bogen gefügt, auslaufend in kapitellgekrönte Säulen – wie konnte ich so viel Schönheit nicht bemerken! Die Stadt, die für mich eine Topographie täglicher Geschäfte war, mit Verbindungslinien zwischen zweckgebundenen Punkten, je nachdem, ob ich Lebensmittel einkaufte, zum Zahnarzt ging, Christine von der Schule abholte oder Stefanie besuchte, erfand Ben für mich neu. Er zeigte mir, daß die schäbigsten Dinge eine Eigenart entwickeln, sobald sie in Zwiesprache mit ihrer Umgebung treten, und daß gerade das Abgewohnte, der bröckelnde Putz, der Knick in der Regenrinne, die Pilzspuren auf der Wandfarbe einen unbeschreiblichen Reiz entfalten können.

»Das gibt es in Amerika nicht«, sagte er. »Dort ist allein das Perfekte schön. Was verfällt, verkommt. Nur in Europa vergeht Schönheit mit diesem wehmütigen Charme.« Unter den Arkaden blieb er stehen. »An dieser Stelle werde ich heute abend auf Sie warten. Um neun.« – »Ich weiß nicht«, stammelte ich. »Ich glaube nicht, daß das geht!« Als ich ihm meine Hand zum Abschied reichte, behielt er sie, gegen meinen Widerstand, den er zu genießen schien, über Gebühr lange.

Ich saß auf der Terrasse und dachte an nichts. Die Amsel auf dem Dachfirst des Nachbarhauses horchte mit geneigtem Kopf auf das Vogelkonzert in den Gärten, ehe sie ihre eigene Stimme erhob und mit bebenden Flügeln zu immer raffinierteren Trillern steigerte. Dann hörte sie plötzlich auf, als habe sie ein vorgeschriebenes Pensum erledigt und hüpfte über die Dachziegel abwärts. Kater Felix strich trostsuchend um meine Beine. »Ihn hat Christine auch im Stich gelassen!« sagte ich zu Paul, der auf eine Pfeifenlänge aus seiner Höhle hervorgekrochen war. Er antwortete nicht. Gewiß dachte er über das Böse nach. Apropos. »Ich muß dir etwas erzählen«, sagte ich. Karlas Geschichte bedrückte mich. Die Begegnung mit dem Fremden, der mich wehrlos geredet hatte, beunruhigte mich. Doch Paul sprang auf und rannte hinein, und obwohl was ihn forttrieb nichts weiter war als irgendein Einfall, ein Gedanke, kränkte es mich. Als der volle Mond zwischen den Fichten erschien, stand ich auf. Ich hatte nicht entschieden, was ich tun würde, ich tat es, als bliebe mir keine Wahl. Wäre irgend etwas dazwischen gekommen, hätte Paul sich auf ein Gespräch eingelassen, wäre Christine plötzlich aufgetaucht, hätte Stefanie angerufen oder wäre Karla gerade jetzt gestorben, hätte der Fremde vergeblich auf mich gewartet. So, wie alles sich fügte, schien es in Ordnung zu sein. Ich schaute kurz ins Krankenzimmer, wo die Pflegerin Karlas Morphiumträume bewachte, ergriff meine Handtasche und zog die Tür leise hinter mir zu. Adieu, Fliederbusch. Vor ein paar Tagen hast du noch deine blauen Dolden in das Küchenfenster gestreckt, nun sind sie braun und vertrocknet. Adieu, Christine. Es wird in dein Zimmer regnen, wenn keiner das Fenster schließt. Adieu, Eibe. Jemand muß dir die Zweige stutzen. Adieu, Karla. Die Last, die dir abgenommen ist, beschwert nun meine Seele. Adieu, Paul. Über deinen Büchern hast du mich noch nie vermißt. Warum nahm ich Abschied? Ich wollte doch wiederkommen, als ob nichts geschehen wäre. Es sollte ja auch nichts geschehen.

Ben

Mit der Wirkung meiner Worte auf Cäcilia konnte ich zufrieden sein: Hing sie nicht andächtig an meinen Lippen, beobachtete sie mich nicht heimlich von der Seite, signalisierte sie, ihr selbst unbewußt, nicht bereits Einverständnis mit allem, was ich jemals von ihr verlangen würde? Wenn dir eine Frau ihr Leben erzählt, hast du schon gewonnen. In der Annahme, ihr bescheidenes Dasein könnte mich nicht wirklich interessieren, stolperte sie über ihre Worte und überhastete ihre Sätze. Ich erfuhr jedenfalls, was ich wissen mußte: Sie würde nicht schwer zu erobern sein, was mir entgegenkam, denn ich hatte nicht viel Zeit. Sie war verheiratet, würde mich also nicht verfolgen und belagern. Als Mutter einer fast erwachsenen Tochter stand sie unter sexuellem Konkurrenzdruck, das würde ihre Leidenschaft steigern. Außerdem war sie erregend verwirrt durch die Nähe des Todes.

Ich wartete in den Arkaden hinter dem Marktplatz auf sie. Es war mir klar, daß sie, aus Unentschlossenheit einerseits, aber auch, um das Schicksal auf die Probe zu stellen, zu spät kommen würde, ich hatte mir deshalb einen Fachartikel mitgebracht, den ich dringend lesen mußte, doch war ich nicht in der Lage, mich darauf zu konzentrieren, was stets ein Gradmesser für das Fieber ist, in das ich gerate, wenn eine Frau mich reizt. Ich gelte als Verführer, Ehemänner werden in meiner Gegenwart unruhig, dabei mache ich mir nicht viel aus Frauen, außer in bestimmten Momenten. Eigentlich bin ich immerzu auf der Flucht, denn die Zeit und die Zuwendung, die sie verlangen, brauche ich für die Architektur. Eine schöne Frau in meiner Nähe bringt mich aus der Balance, etwas zieht mich vom Zeichentisch weg zu ihr. Mein Normalzustand ist die Askese, ich lebe über Wochen wie ein Mönch. Ich wäre mit einer erotischen Nacht in großen Abständen zufrieden; in den Duft der Dame gehüllt wie in eine olfaktorische Trophäe, würde ich zwei, drei Tage lang zärtlich ihrer gedenken, bis Dusche und Geschäfte die Erinnerung weggeschwemmt hätten. Es sind die Frauen, die nach Wiederholung verlangen. Nicht aus Gleichgültigkeit entferne ich mich, sondern aus Gefährdung. Und kaum bin ich dem einen Netz entronnen, gerate ich in das nächste, mit einer hübsch glänzenden Spinne darin, die nicht weiß, ob sie mich aussaugen oder von mir ausgesaugt werden will. Die Unbeständigkeit, die man mir vorwirft, ist nichts als Ausgeliefertsein. Auch Cäcilia war ich ausgeliefert, während ich auf sie wartete. Theoretisch war es immerhin möglich, daß sie nicht kam; allerdings habe ich noch nie erlebt, daß es einer Frau, mit der ich verabredet war, zwischen Abmachung und Rendezvous in den Sinn gekommen wäre, wie wenig ich ihrer Zuwendung würdig bin. Immer erst hinterher. Immer wieder verblüfft es mich, wie sehr sie mich begehren.

Als ich Cäcilia endlich über den mondhellen Marktplatz schlendern sah, hatte ich über eine Stunde gewartet. Dafür mußte sie büßen. Ich blieb im Gewölbeschatten für sie unsichtbar und beobachtete sie. Wie leicht ihre Gefühle zu durchschauen waren: Enttäuschung, aber auch Erleichterung. Sie würde noch einen Moment zögern, dann würde sie, als hätte sie sich nie und nimmer mit einem Fremden treffen wollen, hinüber zum Eiscafé wandern, sich zwei oder drei der tröstlich süßen Kugeln auftürmen lassen und auf dem Nachhauseweg den Mond anschwärmen. Als sie sich abwandte, trat ich so plötzlich, daß sie zusammenzuckte, an sie heran, ergriff ihre Hand und zog sie ins Dunkle, wo ich sie zu umarmen versuchte. Eine Überrumpelung spart viel Zeit. Ich bin eher schüchtern; es waren die Frauen, die mich lehrten, daß sie überwältigt werden wollen. Doch Cäcilia sträubte sich heftig: »Hier kennt mich jeder – !« Kleinstadt. Gesellschaftliche Rücksichten waren zu nehmen. Aus dem gleichen Grund würde sie es ablehnen, mich in mein Hotel zu begleiten. Für diesen Fall hatte ich mir schon etwas ausgedacht. »Gehen wir an den Fluß«, schlug ich vor. Ich nahm ihr die Handtasche ab, nicht um sie ihr zu stehlen, wie sie offenbar argwöhnte, sondern um sie ihr galant zu tragen (ich vermutete, daß man das in der deutschen Provinz noch so hielt), aber auch als Unterpfand, damit sie mir nicht davonliefe.

Um auf den alten Treidelpfad zu gelangen, der dem weitausholenden Bogen des Schwemmlandes folgt, mußten wir jenseits der Stadtmauer die Schrebergärten durchqueren; die Düfte von Jasmin und Pfingstrosen legten sich wie elfische Grenzmarken quer über den Weg. Am flachen Ufer kein Liebespaar, kein Hund oder Herrchen. – Selbst der Mond war hinter einer Wolkenwand verschwunden. Cäcilia wurde nervös; nachdem sie mich erst verdächtigt hatte, ein Dieb zu sein, hielt sie mich nun für einen Vergewaltiger. »Sie haben nichts zu befürchten«, sagte ich. »Es geschieht nichts, was Sie nicht wollen.« Ich beschloß, um sie nicht kopfscheu zu machen, auf weitere Offensiven zu verzichten. Sie war der Typ, der sich nach Verzauberung sehnt, und die ist eine Sache der Worte. »Hören Sie«, sagte ich, »wie der Fluß spricht? Er schickt kleine Wellen ans Ufer, um den Steinen mitzuteilen, wie eilig er es hat, ans Meer zu kommen. Sich aufzulösen –« Das gefiel ihr, ich fühlte es. Sie fand mich poetisch und sensibel. Gegen das bewegliche Dunkel des Wassers zeichnete sich als kompaktes Schwarz eine ungewöhnliche Form ab. »Was ist das?« fragte ich. Der Mond, von einem Wolkenloch vorübergehend freigegeben, enthüllte eine Warte, die in diesem Schwemmland, das sah ich mit einem Blick, keine Funktion hatte. »Sie meinen den Babylonischen Turm?« Jedes Kind der Stadt, erzählte Cäcilia, müßte früher oder später die Mutprobe bestehen, in dem bröckelnden Gemäuer bis zur obersten Plattform zu klettern und dort seinen Namen in den Stein zu ritzen; diesem Brauch, der hin und wieder zu Arm- und Bein-, sogar zu Schädelbrüchen geführt habe, hätten Eltern und Gemeinderat einen Maschendrahtzaun vorzuschieben versucht; vergeblich – so hoch könnte der nicht sein, daß er nicht überstiegen, und nicht so fest, daß er nicht zerschnitten und aufgebogen werden würde.

»Der Turm zu Babel! Wahrhaftig!« sagte ich und zog Cäcilia auf die Böschung herunter: »Traum und Alptraum des Architekten, seit ihm aufgetragen wurde, analog zur kosmischen Ordnung in der Welt *omnia mensura et numero et pondere disposuisti* – alles nach Maß, Zahl und Gewicht auszurichten. Die Kirchtürme über den mittelalterlichen Stadtsilhouetten kündeten vom Neuen Jerusalem, doch Babylon blieb präsent wie das Spiegelbild der hochgebauten Stadt in einem schwarzen Wasser; Chiffre der Gegenwelt. Seit die Moderne den Architekten Mittel an die Hand gab, Metropolis zu bauen, wissen sie oft nicht, ob ihre an die Wolken reichenden gläsernen Paläste dem ›alleredelsten Stein, einem Jaspis, klar wie Kristall‹ aus der Offenbarung des Johannes gleichen, oder ob sie Teufelswerk sind, Hybris und Vanitas in einem.«

Sie schwieg, zweifellos war sie beeindruckt. Der Strom plätscherte; sehr weit weg bellte ein Hund. Fast hatte ich vergessen, daß eine Verführung anstand. Cäcilia erwartete jetzt sicher, daß ich sie küßte; sollte sie. Es war einer der seltenen Momente innerer Ruhe, kein Termin mahnte mich, keine ungelöste Aufgabe trieb mich um. Fast wünschte ich mir, es würde nicht geschehen, was immer geschieht, wenn ich mich zurückhalte: Reuig, weil sie mich abgewiesen hat, in der Annahme, ich sei darüber gekränkt, würde sie mir von sich aus um den Hals fallen. Dieser Platz war mir aber ein wenig zu offen und zu unbequem für den Geschlechtsakt. »Ich verstehe Sie«, sagte da Cäcilia. »Ihre Gedanken sind einsam und suchen Gesellschaft. Mein Mann – er pflegt sich in sein System stumm wie ein Eremit zurückzuziehen.« Diese Frau saß neben einem der aufregendsten Liebhaber der Welt und sprach von ihrem stieseligen Mann! »Gehen wir!« schlug ich vor. Es hatte keinen Zweck. Heute jedenfalls nicht. Als sie nicht mehr damit rechnete – »dort drüben wohne ich«, hatte sie soeben gesagt – warf ich sie rücklings auf die Kühlerhaube eines parkenden Autos. »Nicht!« bat sie. Ich sagte: »Es ist zu spät. Ich will mit Ihnen schlafen!« und schob ihr meine Zunge in den Mund. Sie reagierte kaum. »Nicht jetzt«, sagte sie. »Nicht hier!« Ich ließ sie los. Sie hatte nicht gesagt: »Niemals!« Oder: »Was fällt Ihnen ein!«

Wenn ein Mann einer Frau sagt, daß er mit ihr schlafen will, und sie schlägt ihn nicht ins Gesicht, ist sie einverstanden. Warum auch nicht. Ich schätze erfahrene Frauen, die das Repertoire beherrschen. Cäcilia, die behauptete, sie sei 39, obwohl sie jünger wirkte, hatte allerdings etwas Mädchenhaftes, was ein zusätzlicher Reiz war. Sie kannte noch Scham, die zu überwinden

Lust bereiten würde. Doch sie war auf der Hut. Für ihren Widerstand konnte es mehrere Gründe geben: Entweder war es Taktik, um meine Leidenschaft zu entzünden. Oder sie prüfte meine Selbstbeherrschung. Oder – mit der Zeit neigte ich zu dieser Erklärung – sie fürchtete sich vor mir. Ich machte ein Spiel daraus, jedes Mal an einer anderen Stelle der Arkaden aus dem Dunkel zu treten, genau dann, wenn sie in Panik geriet, weil sie glaubte, nun sei es geschehen und ich sei für immer abgereist, eine Möglichkeit, die ich ihr vor Augen geführt hatte, wie ich überhaupt dazu übergegangen war, ein wenig Druck auszuüben, denn mein Aufenthalt im Städtchen neigte sich dem Ende zu und die Eroberung dieser Provinzdame nahm mehr Zeit in Anspruch, als ihr gebührte. Wenn sie dann so verschreckt und stammelnd vor mir stand, nannte ich sie eine Kleingläubige und fühlte mich – fälschlich – kurz vor dem Ziel. So geriet ich in diesen überreizten Zustand, wo man die Zähne in das Opfer schlagen und es ins Dickicht schleppen möchte. Wenn die Frauen wüßten, wie hart uns manchmal die Zivilisation ankommt – !

Jeder Schritt im Halbdunkel der Arkaden, jeder vorübereilende Schatten ließ Cäcilia fürchten, erkannt zu werden, obwohl auch wir nur Schatten waren, ein in eine Ecke gedrücktes anonymes Liebespaar. Ich führte sie zu anderen Orten, unwiderstehlichen, wie ich fand, ihrer Ängstlichkeit eingedenk, und der Tatsache, daß sie täglich mit dem Tod umging. Auf der Bank an der Friedhofsmauer, wo es nicht nur sinnverwirrend nach Jasmin, sondern auch nach Buchsbaum, frisch aufgeworfener Erde und Moder roch, gab ich den Versuch, meine Hand zwischen ihre zusammengepreßten Schenkel zu schieben, rasch wieder auf. Die Küsse genoß sie inzwischen, es erregte sie, wenn ich ihre Brüste berührte, aber aus dem Pettingalter waren wir doch eigentlich heraus – ! Am nächsten Abend brachte ich sie auf das Gelände hinter dem stillgelegten Bahnhof. Im Licht des nunmehr einem eingedrückten Ei gleichenden Mondes stolperten wir mit den von den Schwellenabständen vorgegebenen halben Schritten ein unkrautgesäumtes totes Gleis entlang, auf den nutzlosen Tunnel zu, den zu betreten sie sich beharrlich weigerte. »Stellen Sie sich vor«, raunte ich in ihr Ohr, »in dieser Dunkelheit knie ich vor Ihnen nieder. Meine Hände wandern Ihre Schenkel hinauf ... « – »Wir beide werden voreinander knien«, sagte sie. Da begriff ich. Sie träumte von Liebe. Nun hatte ich nur noch die Wahl, sie sofort zu verlassen, oder ihren Willen zu brechen.

Cäcilia

Noch war ich Paul treu, obwohl ich angefangen hatte, in stummen häuslichen Monologen Ben *mon prince* zu nennen, meinen Fürsten, den Renaissancewüstling, der es gewohnt ist, seinen Willen mit Gewalt durchzusetzen, und den ich zähmen würde durch Liebe. Manchmal nannte ich ihn aber auch *mon petit prince,* wenn es mir so vorkam, als ob er den Macho nur spielte und in Wirklichkeit ein ewiges Kind war, einsam in der Wüste seiner Seele. Es war auch Neugier, die mich zu ihm trieb – was würde ihm noch einfallen, wie weit würde er gehen und worauf lief das alles hinaus? Bilder wie dieses: Ein schwach schimmerndes Gleis, das aus dem schwarzen Halbrund des Tunnels in den Sternenhimmel zu führen scheint, nahm ich mit an Karlas Sterbebett, und sie prägten sich mir ein als Erfahrung eines Zwischenraums, in dem die Grenze zwischen Leben und Tod aufgehoben ist. Ben und ich, voreinander auf die Knie niederfallend wie die Heilige und ihr Dauphin, und was dann geschieht, ist der göttliche Blitzschlag. Ich träumte nicht davon, mit Ben zu schlafen, sondern davon, Paul zu verlassen. Das schien mir weniger verwerflich als ein Ehebruch; auch war es nicht so verpflichtend, denn der Abstand zwischen Idee und Ausführung war größer. Während von dem Drama, das sich in der mit dem Tod ringenden Karla vollzog, nur die Schweißtropfen auf ihrer Stirn sichtbar wurden, die ich abwischte, kam ich zu dem Schluß, daß meinem eigenen Leben eine Wende bevorstand. Stunde um Stunde hielt ich Karlas immer noch warme Hand und stellte fest, daß meine Ehe, zu früh geschlossen, zu konventionell geführt, von Langeweile ausgehöhlt war, und Bens Erscheinen sozusagen der Fußtritt der Vorsehung war, der das leere Gehäuse zum Einsturz bringen würde. Während ein leichter Fingerdruck mir zu verstehen gab, daß Karla meine Anwesenheit spürte, malte ich mir aus, an Bens Seite ein neues, faszinierendes Leben zu beginnen, mit ihm als Vagabundenpaar der Architektur von Baustelle zu Baudenkmal zu ziehen, antik am Mittelmeer, christlich in Europa, modern in

Amerika, postmodern in Japan. Für diese Aussicht würde ich mich vielleicht wirklich bei Nacht und Nebel aus Pauls Leben schleichen. Der Abschiedsbrief, den ich in Gedanken formulierte, enthielt den Kernsatz: »... habe dir zwanzig Jahre meines Lebens geschenkt ...«

Wenn Ben mich, oft erst nach Mitternacht, zu unserem Haus begleitete, brannte in Pauls Arbeitszimmer noch Licht. Mein Seufzer, Ausdruck von Erleichterung, weil mein nächtlicher Ausflug für diesmal unentdeckt bleiben würde, war durchtränkt von Verrat: Ben sollte darauf hingewiesen werden, wie sehr ich mich von meinem Mann vernachlässigt fühlte. Es war aus Trotz, wenn ich mich im streuenden Lichtschein jenes Fensters in die ausgefallensten Tangofiguren biegen ließ. Warum stand Paul nicht hinter der Gardine und hielt Ausschau nach mir! Ben bedrängte mich, als erwartete er, daß ich mich ihm unter dem Rhododendron im Garten hingeben würde. Ich fürchtete mich vor dem Moment, wo ich ihm nachgeben müßte. Doch noch mehr fürchtete ich, daß er seine Drohung wahr machen und plötzlich abreisen könnte.

Am nächsten Abend wanderte ich die Arkaden auf und ab, auf und ab – gewärtig, genau in dem Moment gepackt zu werden, in dem ich das Warten aufgeben würde; also tat ich ein paarmal, als gäbe ich auf. Ben war nicht da. In dieser Nacht ohne Schlaf zog ich Bilanz, die schon deswegen zu Pauls Ungunsten ausfiel, weil er ausnahmsweise schnarchte. Wenn Ben morgen käme, oder übermorgen, oder überübermorgen, würde ich alles auf eine Karte setzen. Wenn er aber nicht, wenn er nie, nie wieder käme, würde ich dennoch ein neues Leben beginnen. Irgendwas mit Architektur und Reisen. Doch einen Tag später trat Ben ganz ohne Wartefolter aus den Arkaden, und ungeachtet möglicher Zeugen flog ich ihm an den Hals. Er hatte ein Auto gemietet, weil er ein neues Verführungsszenario entdeckt hatte. Ich brauchte nicht dazu überredet zu werden, in den Wagen zu steigen, ich war zu allem bereit. An die Hand genommen, folgte ich willig dem tanzenden Fleck seiner Taschenlampe über blinkendes, knirschendes Glas in ein Gebäude, das offenbar eine aufgelassene Fabrikhalle war. Jenseits des parallel gerippten Daches beschädigte der nunmehr spindeldürre Mond seinen romantischen Ruf. Der batteriegespeiste Lichtkegel erwies sich als viel zu schwach, um in den Wald von Stahlträgern wegweisend einzudringen. Also knipste Ben, Herr der Finsternis, die Lampe aus und begann ein Spiel: nah genug für mein Ohr, doch zu weit entfernt für eine Berührung, ließ seine Stimme einen gedeckten Tisch auffahren, an dem in feierlichem Gegenüber ein Mann und eine Frau tafelten, während Diener mit weißen Handschuhen geräuschlos Speisen vorlegten und Gläser nachfüllten. Simsalabim, Bens Zauberwort schnitt ein weiteres Detail aus der undurchdringlichen Nacht: Harfe mit Harfenistin. Ob ich die perlenden Klänge hören könnte? Aber ja. Geleitet von Bens Stimme – oder war es Karlas? Eine Tonlage tiefer, mit ähnlichen Dissonanzen, als ob etwas in der Person die Sprache nicht trüge – träumte ich, während die feuchte Kälte mich frösteln machte, von mir und Ben als unseren Doppelgängern, die sich in einer schmerzhaft leeren Umarmung vereinten, so wie man manchmal, wenn man allein ist, von der Liebe träumt und nach dem Erwachen ins Kissen beißt.

In jener Phase meines Lebens, an die ich weiter keine Erinnerung behalten habe, als daß ich nicht mehr zu den Arkaden ging und Karla in einem letzten Aufbäumen versuchte, mein Leben als Geisel zu nehmen, um die Instanz, die ihr Ende beschlossen hatte, damit zu erpressen, entfloh ich eines Mittags dem Krankenzimmer, nahm Pauls Wagen und fuhr zu der Fabrikhalle. Die von Ben inszenierten Illusionen standen mir vor Augen wie reale Erlebnisse, ich wußte nicht, ob ich den Zauber oder die Entzauberung suchte. Jedenfalls war ich entsetzt darüber, was jene Nacht des abnehmenden Mondes alles verborgen hatte: Rost, Scherben, Ölpfützen, Gerümpel, Lumpen und rund um die verkohlten Reste einer Feuerstelle ein paar ausgeweidete Matratzen. Hier mußte der Kerl, der Bens Phantasmagorie ein so rohes Ende bereitete, gelauert haben. »Wer ist da!« hatte er gerufen und irgendwelche Namen genannt: »Seid ihr's?« Dann hatte zwei-, dreimal ein Feuerzeug geklickt, das schließlich flackernd die Erscheinung eines dichtbehaarten Kopfes als Teil der Wirklichkeit auswies. »Schnell weg«, hatte Ben gesagt, und während der Bewohner dieses postindustriellen Hades uns peinliche Schimpfworte nachrief, flohen wir Hand in Hand wie zwei beim Spielen gestörte Kinder. Draußen verfiel ich in ein überreiztes Lachen, ich lachte und lachte, während Ben immer finsterer wurde. »Steig ein!« sagte er. Er nahm nicht die Straße nach Hause. »Wohin fahren wir?« fragte ich. »Das wirst du schon sehen!« sagte er. Mir dämmerte, daß sowohl A als auch B gesagt worden waren und es kein Zurück mehr gab. Wenn ich mich jetzt sträubte, würde ich Ben nie wiedersehen. Ich war nicht unzufrieden, daß er mir die Entscheidung abgenommen hatte. Nun mußte ich mich in mein Schicksal fügen.

In dem abgenutzten Bett des Motels, beim Schein einer trübseligen Funzel, blieb mir keine Zeit zur Reue, denn nicht Vergnügen kam auf mich zu, sondern Mühe. An Ben war alles hart, Mund, Hände, Körper – nur nicht sein Glied. Erst fand ich das rührend, es nahm mir die Angst und erschien mir als die allerletzte Chance, Paul doch noch treu zu bleiben, doch zwang Ben mich in den Dienst seines Versagens, weder gab er auf noch erlaubte er mir nachzulassen, es wurde ein Marathon, und als ihm nach Stunden ein schwacher Erguß gelang, war ich so erschöpft, daß ich meine Erleichterung mit Lust verwechselte, zumal er mich mit mehr Zärtlichkeit belohnte, als ich ihm zugetraut hätte.

Ich ließ mich in sicherer Entfernung von Pauls Arbeitslampenlicht absetzen; der nächtliche Gang durch die stille Straße kühlte meine glühenden Wangen; durchaus ernüchtert lag ich in unserer glatten, teuren Bettwäsche und hätte, als Paul sich im Dunkeln neben mich legte, fast die Hand nach ihm ausgestreckt. Seine Raucherwitterung stieg mir wie eine Mahnung an vormals unschuldige Eheverhältnisse in die Nase. Vielleicht, dachte ich, weil ich glaubte, die Entscheidung liege bei mir, gab es Gründe, nicht mit Ben durchzubrennen. Ich beschloß, den Arkaden vorläufig fernzubleiben. Dennoch rechnete ich nicht mit diesem von einem Boten zugestellten weißen Rosenstrauß, dem ein Kärtchen beigelegt war: »Danke für alles. Komm nach New York. B.« Kein Absender; keine Adresse. Ehe ein Schwindelanfall mich handlungsunfähig machte, trug ich die Blumen, als seien sie für Karla bestimmt, ins Krankenzimmer. Als ich mich über das Bett beugte, um zu sehen, wie es ihr ging, fuhr die Sterbende hoch und versuchte, mir ihre harten Nägel in den Hals zu krallen. Die Heftigkeit meiner Abwehr stand in keinem Verhältnis zu ihrer Schwäche. Sie fiel auf ihr Kissen zurück und die Blumen folgten ihr. Starre Pupillen, die aus einem Stengel- und Stachelverhau glotzen, sind meine letzte Erinnerung an Karla. Mit einer halben Drehung landete ich auf dem Bett. Als ich aus dieser Ohnmacht erwachte, lag sie schon unter der Erde.

Christine

Frank und ich frühstücken im Bett. Das Kissen im Rükken festgeknüllt, die Knie hochgezogen, schaue ich zu, wie er mit zwei Schalen voll Milchkaffee aus der Küche kommt. Er ist nackt, nur seine Füße stecken in den von ihm geliebten und von mir verabscheuten Holzsandalen, die seinen Gang behindern, weshalb der Kaffee auf die Diele plempert, was ihm nichts ausmacht, und mir auch nicht, weil sein Schwanz dabei so übermütig schaukelt, daß ich Lust habe, ihn anzufassen. Das Brot krümelt. Die roten Flecke im Bettzeug sind teils Marmelade-, teils Rotweinspuren, aber gar nicht eklig, denn sie stammen von uns. Ich glaube, das ist der

Hauptgrund, warum ich zu Hause ausgezogen bin: um Pauls Tyrannei der Ordnung zu entkommen, die beim Frühstück beginnt. Selbst wenn er nicht in die Hauptstadt fährt, am Sonntag, in den Semesterferien, wie spät auch immer man am Vorabend zu Bett gegangen ist – morgens um viertel nach sieben will er seine Familie, das heißt Cäcilia und mich, am Tisch versammelt sehen. Natürlich angekleidet, gewaschen, gekämmt. Ich habe allen meinen Mut zusammennehmen müssen, um die Frühstücksgemeinschaft aufzukündigen. Paul warf mir einen Blick zu, der besagte: Wo ist meine anbetungsvolle kleine Tochter geblieben, die mir auf allen vieren entgegenkrabbelte, auf wackeligen Beinchen entgegenstolperte, als staksiger Teeny entgegentrabte und ihre Arme um meinen Hals warf – ! »Nicht, solange du unter meinem Dach wohnst!« beschied er mich im Professorenton und verschanzte sich hinter seiner Zeitung. »Dann ziehe ich eben aus«, erwiderte ich. Beschlossen war das nicht, obwohl Frank mir vorgeschlagen hatte, nach meinem 18. Geburtstag mit ihm zusammen eine Wohnung zu nehmen, weil wir keinen Platz hatten, wo wir miteinander schlafen konnten. Bei ihm ging es gar nicht, weil seine Mutter mich nicht in sein Zimmer ließ, sondern darauf bestand, daß wir in der guten Stube unter ihren Augen wohlerzogen plauderten, und bei mir ging es selten, weil meine Eltern uns ständig versicherten, wie sehr sie uns vertrauten, was dazu führte, daß wir Hemmungen hatten, ihnen so aufgelöst und fremd unter die Augen zu treten, wie man es hinterher eben ist. »Ist gut«, sagte Paul und griff, um mich mit seiner Nichtachtung zu strafen, nach der

Zeitung. Natürlich dachte er, ich hätte das nur so dahergesagt. »Frank hat schon eine Wohnung für uns gefunden«, fügte ich hinzu. »Ab nächsten Ersten.« Nun wurde Cäcilia, die immer so tat, als gingen unsere Streitereien sie nichts an, hellhörig: »Das ist doch nicht dein Ernst!« rief sie. »Regt euch nicht auf«, sagte ich, obwohl noch niemand aufgeregt war, »ich bin sowieso bald volljährig!« Sie wußten, daß ich dann über mein Bankkonto verfügen würde. Es hat seine Vorteile, wenn man reiche Eltern, Großeltern, Tanten und so weiter hat. Paul, das sah ich ihm an, war zornig geworden, die zurückgestaute Strafpredigt rötete seine blasse Haut, ich entzog mich dem Durchbruch der wahrscheinlich schrecklichen Worte mit dem Hinweis, daß ich zur Schule müsse. Als ein paar Tage später Frank mit einem Kleintransporter kam und meine Sachen auflud, war niemand anzutreffen, von dem wir uns hätten verabschieden können.

Seither sind meine Eltern mir böse, was ich besser ertragen könnte, wenn sie sich nicht gegenseitig – das weiß ich von Tante Stefanie, die unermüdlich an der Reparatur der Familie d'Anton arbeitet – die Schuld an meinem Verrat, der eigentlich nur ein Frühstücksverrat ist, zuschöben. Dabei bin ich doch bereit, alle Schuld auf mich zu nehmen, sogar die an Cäcilias Seitensprung. Es hat lange gedauert, bis ich begriff, daß meine tugendhafte Mutter meinen noch tugendhafteren Vater wegen eines anderen Mannes verlassen hat, was sie bestimmt nicht getan hätte, wenn ich nicht ausgezogen wäre. Indem ich sie mit Paul allein ließ, überließ ich sie ihrer Einsamkeit, das war mir klar, doch nahm ich mir das Recht, egoistisch zu sein. Dann sah ich sie mit diesem Mann, mit dem auch ich jederzeit durchbrennen würde, abends auf dem Weg zu unserem Haus. So sehr hatte er mich beeindruckt, daß ich meinen Widerwillen, Paul unter die Augen zu treten, überwand. Mein Vater blickte mich erstaunt und auch ein wenig triumphierend an, als ich nach seinem Herein das Arbeitszimmer betrat, wo in der Regel nur Unangenehmes besprochen wird, schlechte Zeugnisse, Verspätungen, Widerworte. Ganz eine d'Anton, setzte ich mich kerzengerade auf den Sessel, den ich, obwohl Cäcilia das geschmacklos findet, den »elektrischen Stuhl« nenne. »Bitte fasse dich kurz. Ich stecke mitten in einem Artikel«, sagte Paul. Vermutlich erwartete er, wie in Kindertagen, Entschuldigung, Reue, Besserungsgelöbnis. Da lümmelte ich mich in das Möbelstück, so gut es das zuließ, und machte auf cool. Ich wolle ihm nur eben guten Tag sagen – ! fing ich an, erzählte ein bißchen von der Schule, erkundigte mich nach Tante Karlas Krankheit und fragte erst dann nach jenem Mann, der aussieht wie Paul Newman: »Wohnt er bei euch?« Paul verneinte zerstreut, als ob er mit den Gedanken ganz woanders sei. »Schade. Ich dachte, er sei vielleicht ein Verwandter von Tante Karla. Ich stehe auf diesen Typ, auch wenn er schon etwas älter ist«, sagte ich, damit er begriff, daß er kein kleines Kind vor sich hatte. Er ließ sich tatsächlich provozieren. »Dein Interesse an Männern jeglichen Alters«, erwiderte er, »gibt mir zu denken – ! Und wie du herumläufst! Lederhose. Stachelhaare. Meine Blume hat sich in einen Kaktus verwandelt.« Das war's. Weil ich auf ihn wütend war, warnte ich ihn nicht. Als meine Mutter einige Zeit nach Tante Karlas Tod unauffindbar wurde, wußte nur ich Bescheid. Während die Familienpanik jeden Morgen höher stieg und über Nacht kaum abfiel, um im Verlauf des nächsten Tages einen weiteren Grenzwert zu überschreiten, behielt ich für mich, was mir die einzig plausible Erklärung für ihr Verschwinden zu sein schien: daß sie ihrem Geliebten nach Amerika gefolgt ist. Nicht um Cäcilia machte ich mir Sorgen, sondern um Paul, der mit aller Welt haderte, anstatt mit sich selbst. Der Augenblick für ein Tochter-Vater-Clearing erschien mir gekommen. Ich übte drei Tage lang mit Frank, was ich Paul an den Kopf werfen würde: »Weißt du eigentlich, wie sehr du uns immer eingeschüchtert hast, Mama und mich? Hast du eine Ahnung, was in unseren Köpfen vorgeht, wenn wir deine Tugendpredigten aushalten müssen? Bist du dir darüber im klaren, daß du uns so fern bist wie der Liebe Gott, der in das unbedeutende Leben der Menschen nur eingreift, wenn sie vom seiner Meinung nach richtigen Kurs abgekommen sind? In Wirklichkeit interessieren wir dich gar nicht. Deine Familie ist für dich nur eine Form von Wärmedämmung für deine Arbeit, auf die du weniger verzichten könntest als auf uns.« So in etwa habe ich mich dann auch ausgedrückt. Paul schlug mit der Faust auf den Tisch und zerbrach seine Lieblingspfeife. Der Verlust betrübte ihn so sehr, daß er mir schon wieder leid tat. Armer Papa, dachte ich, wer wird sich nun um ihn kümmern? Eigentlich sollte ich wieder zu Hause einziehen. Das war ein seltsamer Gedanke, wenn man bedenkt, daß ich mit dieser Aussprache einen Schlußstrich unter meine Kindervergangenheit hatte ziehen wollen. Frank fand mich verändert, und daran war etwas Wahres: mich störte auf einmal das ständig ungemachte Bett.

II

Cäcilia

»Shall I connect you?« fragte die Stimme. Ich brachte kein Wort heraus. Ben S. Kempe ist nicht, wie Jupiter nach vollbrachter Verführung, auf irgendeinen Götterwohnsitz entschwunden, sondern steht als gewöhnlicher Sterblicher im Telefonbuch. Erst jetzt merkte ich, daß ich nicht daran geglaubt hatte. Dieser in Architektenschönschrift auf ein inzwischen ramponiertes Kärtchen gemalte Befehl »Komm nach New York!« hätte auch lauten können: »Folge mir auf den Olymp!« Ich war Ben nachgereist wie eine Schlafwandlerin, die bei Vollmond auf den Dachfirst steigt, erst als der Zollbeamte sich erkundigte, wie lange ich in den Vereinigten Staaten zu bleiben gedächte, wachte ich auf. Das Ankommen hatte ich vorweggenommen, vorausgeplant und durchgespielt, aber niemals das Abreisen, und nun sollte ich, und zwar aus dem Stand, der Zukunft eine Zeit zumessen. *»I don't know«,* antwortete ich, *»two weeks, or three . . .?«* Der Zöllner würdigte mein Gepäck keines weiteren Blickes. Da stand ich mit meinen Koffern in der Ankunftshalle des John F. Kennedy Airports und besann mich auf den nächsten Schritt. Ein Taxi nehmen, den Namen des Hotels angeben, einfacher ging es nicht, und doch würde ich an diesem Weltenschnittpunkt jedem Zufall ausgeliefert sein. Der Taxichauffeur hielt das Steuer umklammert, als fahre er ein Rennen, obwohl der Wagen, gefangen in einer vier-

fachen Kolonne, gerüttelt von Fehlzündungen, für meine Begriffe schlich. Im Rückspiegel begegnete ich einem undefinierbaren Blick aus stark durchbluteten Augäpfeln. Ich versuchte, mich auf New York (New York!) einzustimmen, doch vorläufig sah ich nur verfallene Einfamilienhäuser, verkommene Industrieanlagen, Friedhöfe. *»So many cemeteries – «!* Der Fahrer reagierte unerwartet lebhaft: *»Si, Señora. Hay cementerios por todas partes.«* Und er zählte auf: Mount Carmel Cemetery. Cemetery of the Evergreens. Cedar Grove Cemetery. Metropolitan Avenue Cemetery. Montefiore Cemetery. Greenwood Cemetery. Calvary Cemetery. Mount Zion Cemetery. Mount Olivet Cemetery. Lutheran Cemetery. St. Mary's Cemetery. St. John's Cemetery. St. Michael's Cemetery. St. Raymond's Cemetery. Flushing Cemetery. Woodlawn Cemetery ...

Nach jedem dieser mit Abscheu hervorgestoßenen Namen sah er mich im Rückspiegel an, als hätte er ein Codewort ausprobiert und erwartete nun eine bestimmte Reaktion von mir, eine Klage über die Beschaffenheit der Welt, vielleicht. In den siebziger Jahren, als wir regelmäßig auf Mallorca Urlaub machten, hatte ich Spanisch gelernt, so daß ich im Redefluß des Puertoricaners wenigstens ein paar Worte wiedererkannte. Um vorzutäuschen, daß ich auf dem laufenden sei, eine Weltreisende mit Zwischenstop in New York, ließ ich das Stichwort *Big Apple* fallen. Er lachte höhnisch. Wurmstichig, der Apfel. Durch und durch verfault. Rotbackig geschminkter Abfall. Die Lebenserwartung in Harlem geringer als in Bangladesch. Jede Nacht lesen Männer mit Gummihandschuhen die Toten aus den

Rinnsteinen auf und schaufeln sie im Massengrab mit Chlorkalk zu. Die Säuglinge liegen manchmal in einem Pappkarton, ihre leblosen Körper zerreißen einem das Herz. Kein Mann kann seine Kinder mehr ordentlich aufziehen; wenn sie nicht von anderen Kindern ermordet werden, sterben sie an Crack ... Ich nickte verständnisvoll – was für Sorgen diese armen Menschen haben! ...

Straßenschluchten, die nach oben zuwachsen, Autoströme, die fließen, still stehen, sich aufstauen, an fernen Ufern eilige Menschen: Manhattan. Jeder Blick beschert ein Déjà-vu – eine Stadt, die man auswendig kennt, auch wenn man nie da war. Zu viel fotografiert, zu oft gefilmt. Das Bild im Kopf deckt sich so vollständig mit der Wirklichkeit, daß sich Hinschauen erübrigt. Das Taxi legte in einer Haltebucht gegenüber einer Drehtür an, aus der mehrere Uniformträger ausschwärmten, um den Hotelgast gegen den Rest der Welt abzuschirmen. Während ich nach Dollars kramte, kritzelte der Chauffeur eine Telefonnummer auf ein Stück Papier: *»En cualquier caso ... Pregante por Pablo.«* Ich bedankte mich; man weiß ja wirklich nie. Kaum hatte der Hotelboy die Zimmertür hinter sich zugezogen, griff ich zum Telefon und sagte Bens Namen hinein. Es dauerte nur Sekunden, und die Stimme nannte mir eine Zahlenfolge, die ich prompt zu notieren vergaß. *»Hello! Are you still there? Shall I connect you?« – »Yes, please«,* antwortete ich. *»No. Wait a minute – ! Okay.«* Wo ein Wunder geschieht, ist ein zweites nicht fern. Olympische Wächter sind grundsätzlich weiblich. Herr

Kempe sei im Moment nicht erreichbar. Ich möge meine Telefonnummer hinterlassen. Man werde zurückrufen.

Ich wagte nicht, das Hotelzimmer zu verlassen. Als ich Hunger bekam, bestellte ich beim Zimmerservice Huhn mit Salat und kalifornischen Chablis. Ob es an der Zeitverschiebung lag oder am Ausbleiben von Bens Anruf, ich konnte nicht einschlafen. Auf dem Bettrand essend und trinkend, mit Fernsehbildern als Gesellschaftsersatz, hielt ich das Warten ganz gut aus. Gegen morgen läutete endlich das Telefon. Am anderen Ende der Leitung atmete jemand. »Ben?« fragte ich. Der Anrufer antwortete nicht. »Ben? Bist du es?« Ich legte auf. Eine Ahnung ist keine Gewißheit; ich überredete mich, daß ein Hotelgast oder irgendein anderer unter den Millionen Einwohnern New Yorks sich verwählt hätte. Mein Traum von der großen, romantischen Liebe vertrug nichts, was ihn in Frage stellte.

Ben

Wenn ich entwerfe, verlasse ich diese Erde, dann bin ich irgendwo in der Nähe von Gottes Thron und vergesse alles andere. Das leere Blatt Papier gleicht dem Chaos, das nach Ordnung schreit. Der erste, den ich aus der Reihe der Bleistifte auswähle, verwandelt sich in den Goldenen Schlüssel. Ein Punkt: eine Dimension. Ein Strich: zwei. Eine Verbindungslinie: Raum. Rahmen und Raster, wo eben noch die Leere regierte. Wenn ich zeichne, vollziehe ich den Aufbruch der

Moderne nach, löse mich vom platten Universum des Ptolemäus, trete ein in das kopernikanische Weltbild der Zentralprojektion und fühle mich endgültig als Herr der Schöpfung, wenn ich die perspektivisch korrekte Augentäuschung mit Springbrunnen und Säulenhallen, Wasserfällen und künstlichen Dschungeln dekoriere; so schuf Ben Himmel und Erde. Zuletzt ein paar Menschen, nicht größer als Grashalme; sie stören nur. Menschen sind die vierte Dimension, deren zeitliche Existenz ich am liebsten leugnen würde, für den Architekten gibt es die Zeit nicht, ich baue stets für die Ewigkeit. *The Big City*, das Neue Jerusalem: Obelisken aus Naturstein und Glas, tags wolkenspiegelnde Himmelsleitern, nachts startbereite Raumschiffe – nur ungern bringe ich in dieser eleganten Geometrie die Pflichtübung Leben unter; ich zeichne auch nie Kinder oder alte Leute, mein Strichmännchentyp ist der Aktenkofferträger, den meine Verachtung in Strömen von seinesgleichen einem ungewissen Schicksal entgegentreibt. *See how they run.* Alles Lebendige ist unordentlich. Pflanzen müssen gegossen werden, verlieren Blätter, ziehen Ungeziefer an. Und erst, was Menschen anrichten! Zertretene Zigarettenkippen, zerknüllte Papiertaschentücher, zerbeulte Aluminiumdosen, besprühte Wände, eingeschlagene Fensterscheiben. Mir hat der Gedanke immer gefallen, daß in künftigen Kriegen Bomben verwendet werden sollen, die nur das Leben vernichten, nicht die Architektur. Man muß die Welt mit so widerstandsfähiger Schönheit überziehen, daß ihr auch Feuer und Dynamit nichts mehr anhaben können – !

Ich bettete den letzten stumpf gewordenen Bleistift neben den vorletzten, wie Leichname lagen sie aufgereiht, Opfer auf dem Altar meiner Kunst. Berauscht und trotzdem unzufrieden, betrachtete ich den Entwurf. In beglückender schöpferischer Trance hatte ich einmal mehr mein Bestes gegeben – und doch, ahnte ich, fehlte etwas. Das Schlimme ist: Ich weiß nicht, was es ist, das mich hindert, der Beste zu sein, oder wenigstens einer der Besten. Mit Helmut Jahn, Philip Johnson, Ming J. Pei in einem Atemzug genannt zu werden, wird mir nie gelingen. Ihre Existenz müßte für mich eine Herausforderung sein, statt dessen begegne ich ihnen mit schülerhafter Ehrfurcht. Etwas in meinem Leben ist falsch proportioniert. Mein Blick fiel auf die Zentifolie aus dem Garten meiner Mutter – tröstlicher Gruß aus jener besseren Welt, in die zurückzukehren mir jederzeit offensteht. Wie die Vollkommenheit der Rose beweist: Die Bestimmung der Schöpfung ist Schönheit. Ich schloß die Augen und atmete den zarten Duft ein. Um nach Hartford hinaus zu fahren, war es zu spät. Bevor ich mich hinter der Tür, auf der »Privat« steht, schlafen legte, sah ich nach, wer angerufen hatte, während ich in Klausur war. Fünf Zettel auf dem Schreibtisch meiner Sekretärin – am hartnäckigsten stört der weibliche Mensch. Darunter eine Cäcilia. Mit einem Fragezeichen dahinter. Cäcilia? Weit weg, lange her ... Cäcilia in New York? Bestimmt würde sie die ganze Nacht auf meinen Anruf warten. In der Tat: Sie ergriff den Hörer beim ersten Läuten. Ihr optimistisches Hallo –! Hellwach, wie daheim morgens um acht. Das zweite Hallo klang zaghafter. Das dritte dumpf, die

Stimme wie gesprungen. Dann legte sie auf. Sie war mir nachgereist, meine bayerische Madame Bovary. Sie würde mich verfolgen und belagern. Ich würde mir gut überlegen müssen, ob ich es riskierte, sie wiederzusehen.

* * *

Cäcilia kniet vor den Schuhen des Riesen Goliath, sie ist von Beinen umgeben wie von Gitterstäben, in der Höhe ihrer Augen kriechen Fingernägel unter der Tischplatte hervor. Auf dem Tisch, außerhalb ihrer Reichweite, riecht sie das frische, duftende Brot. Sie malt sich aus, wie sie hineinbeißt, wie ihre Zähne die Kruste zermalmen, wie das Weiche am Gaumen festklebt, sie kaut und schluckt, kaut und schluckt, bis ihr Magen sie mit Krämpfen weckt. Es ist kein schöner Tod, zu verhungern. Er dauert zu lange. Man gewöhnt sich nicht an den Hunger, er wird nicht weniger. Eingesperrt in diesem Kellerloch, das sie mit ihren Händen Zentimeter für Zentimeter abgetastet hat, wo nichts ist, nicht einmal eine keimende Kartoffel, ist sie jetzt schon bereit, Küchenschaben oder Regenwürmer zu essen. Wenigstens hat sie in einer Ecke ein paar Tropfen Sickerwasser gefunden, die ihren Verstand gerettet haben, denn der Durst zerstört das Gehirn, bevor der Hunger den Körper auszehrt. Sie hat sich die erste Stufe emporgezogen, die zweite – doch ist sie zu schwach, die Treppe hinaufzukriechen, an der Tür zu rütteln, mit den Fäusten dagegen zu schlagen, um Hilfe zu rufen. Wenn sie nicht bald jemand findet, tränkt, füttert, verbindet, wird sie nicht mehr zu retten sein. Kein Traum täuscht sie mehr darüber hinweg, daß sie auf hartem Stein liegt. Obwohl es in diesem Raum warm und feucht ist wie in einem Treibhaus, zittert sie vor Kälte. Tränen laufen ihr übers Gesicht, während sie die Namen aneinanderreiht, an die sie sich erinnert: »Ben – ! Paul – ! Karla – !« Nicht einmal Karla antwortet.

Paul

Ich habe das Fenster meines Hotelzimmers gekippt, New York City spiegelverkehrt, Straßengewimmel zwischen Wolkenkratzerspitzen, das kann mir nur recht sein, so falschherum, wie die Welt zur Zeit ist, Bild und Ton getrennt, oben das Inferno, unten der dazugehörige Lärm. Dort hinunter möchte ich gar nicht, inständig hoffe ich, daß es sich vermeiden läßt, auch wenn Cäcilias Verschwinden etwas Dunkles suggeriert, glitschigen Schlick voll messerscharfer Kanten – . Ich kann es mir nicht vorstellen! Nein. Ich will es mir nicht vorstellen. Wenn ich das Fenster schließe, wird es still, weggewischt ist das hektische Treiben vor den funkelnden Gipfeln, die mich nun ans Hochgebirge erinnern, an Aufstieg im Morgengrauen, unbegrenzte Sicht und geistige Klarheit. Mit zurückgelegtem Kopf kann ich eine dieser Spitzen ins Auge fassen, eine mit goldenem Flechtwerk und grünen Türmchen prunkende amerikanische Schwester der gotischen Kathedralen. Auch hier wohnt Gott. Hat er nicht immer die Hand über mich gehalten? Und nun soll meine Frau aus heiterem Himmel in diesen Sumpf gefallen sein wie irgendein unbehütetes Geschöpf der Straße? Wie wenig ich über Cäcilia weiß! »Ich habe es geahnt«, hat meine Mutter gesagt. »Wenn du die Familie nicht seit zwei, drei Generationen kennst, inklusive aller Kranken, Verrückten und schwarzen Schafe, weißt du nicht, wen du heiratest.« Ich habe Cäcilia selbstverständlich verteidigt: ein hochgeschwemmtes Kindheitstrauma, ein durch den Tod einer nahen Verwandten ausgelöster Schock – ! Elisabeth, hellhörig: »Ach ja?« Doch konnte ich der Versuchung widerstehen, das Geheimnis zu verraten, das mir Sylvia in einem Telefongespräch zwischen Mitternacht und ein Uhr morgens anvertraut hatte: Als kleines Mädchen sei Cäcilia in eine krankhafte Abhängigkeit, um nicht zu sagen Hörigkeit, von Karla geraten, Sylvias Halbschwester aus der zweiten Ehe ihres Vaters, Cäcilias Großvater also, der sich gegenüber seiner ersten Frau, Sylvias Mutter, wie ein Schuft verhalten habe, weil er sie mit zwei Kindern sitzen ließ, und zwar aus keinem anderen Grund, als den, durch die adelige Heirat seine Generalstabskarriere zu befördern, und obwohl sie weiß Gott keine Veranlassung gehabt habe, Böses mit Gutem zu vergelten, hätte sie sich in der schlimmen Nachkriegszeit des halbverhungerten Flüchtlingskindes erbarmt. Die Ärmste habe mit ansehen müssen, wie ihre Mutter von den Russen, deren Einmarsch sie in ihrem typischen Junkerhochmut auf ihren ostpreußischen Gütern habe abwarten wollen, zu Tode vergewaltigt wurde. Ob es nun dieses grauenhafte Erlebnis gewesen sei, das sie seelisch zerstört habe, oder eine ererbte Portion der Charakterlosigkeit ihres Vaters – jedenfalls habe sie über ihre Umgebung immer nur Unheil gebracht, das schamlose Luder. Nicht einmal die Ehe ihrer eigenen Schwester sei ihr heilig gewesen – ! Deswegen seien Kurtchen und sie auch der Beerdigung ferngeblieben. Schwamm drüber, das sage sich leicht. So etwas wische man nicht einfach von der schwarzen Tafel. Alle hätten damals aufgeatmet, als Karla nach Amerika ging. Bis zu Cäcilias Anruf vor einem halben Jahr habe sie als verschollen gegolten. »Wenn Cäcilia verschwunden ist«, schloß Sylvia, »dann hat das bestimmt etwas mit Karla zu tun.«

Auf das Nächstliegende war ich nicht gekommen. In der Handtasche der Verstorbenen hatte sich ein Stück Papier mit einem handschriftlichen Testament gefunden, das aus einem einzigen Satz bestand: »Alles, was mir gehört, insbesondere meine Wohnung in der 199. Straße *East,* 4. Etage, hinterlasse ich meiner Nichte Cäcilia.« Dieser Zettel und Karlas amerikanischer Paß waren mit Cäcilia verschwunden. Erst der Rechtsanwalt, den ich zu Rate zog, kam auf die Idee, sie könnte diese Erbschaft antreten wollen. Wie sich nach Einschaltung eines New Yorker Detektivbüros herausstellte, war Cäcilia tatsächlich unter ihrem Mädchennamen in einem Hotel in Manhattan abgestiegen, das sie zehn Tage später, also vorgestern, wieder verlassen hat. Glücklicherweise sind gerade Semesterferien, und ich kann mich an der Suche nach ihr beteiligen. Dazu riet mir jedenfalls meine Schwester. Meine Mutter sah das anders: »Du willst ihr doch nicht etwa hinterherreisen?« fragte sie. Nein; so selbstverständlich war es für mich gar nicht, daß die Familienoberhauptspflicht Vorrang haben sollte. Ehrlich gesagt hielt ich Cäcilias Verschwinden für eine Nachahmungstat von Christines Verrat, ich vermutete ein Komplott sich vernachlässigt fühlender Frauen, das keinen anderen Zweck hatte, als mich zu kränken. Die Augen geöffnet hat mir in einer erzwungenen geschwisterlichen Unterredung Stefanie. Ob ich mir nicht vielleicht auch etwas vorzuwerfen hätte? Erst ziehe die Tochter aus, dann verschwinde die Ehefrau, das geschehe doch nicht so mir nichts, dir nichts – ! Das sehe nach Zentrifugalkraft aus, da stimme die Mitte nicht mehr, da sei statt Anziehung Abstoßung eingetreten – ! Diesen Vorwurf habe ich mir mächtig zu Herzen genommen, zumal Christine ins gleiche Horn stieß. Ich habe mein Verhalten der letzten Jahre schonungslos analysiert und bin zu dem niederschmetternden Ergebnis gelangt, daß ich in der Tat viel zu sehr mit mir selbst beschäftigt war. Ich, ein Christ, nicht der frömmste, doch niemals frivol, bin in die klassische Falle gegangen – während ich das theoretisch Böse mit Worten dingfest zu machen versuchte, hat das reale Böse, das Teufelswerk in der Welt, von meiner nächsten Umgebung Besitz ergriffen, es hat mir zum Hohn in meinem eigenen Haus fröhliche Urständ gefeiert, um mich in meiner moralischen Überheblichkeit zu beschämen! Da stehe ich nun, einsam in meiner Pein wie der Einsiedler auf dem Felsen. Ausgerechnet in der vornehmsten Aufgabe des Mannes, Frau und Kind an Leib und Seele zu schützen, habe ich versagt! Nun muß ich sehen, wie ich die Menschen, die mir am meisten bedeuten, Cäcilia, Christine, in mein Leben zurückhole.

Ich fahre, um auf die Uhr zu sehen, mit der rechten Hand in die Westentasche, doch ist da nichts. Großvaters goldene Taschenuhr – ich vermisse sie körperlich, meiner Handfläche fehlt das Gewicht des edlen Metalls, meinen Fingerkuppen die kühle Berührung. Auf dem Nachttisch liegt die Ersatz-Armbanduhr, ein billiges Versandhausmodell, abscheulich leicht, widerlich glatt, ein Requisit meiner Mimikry als gewöhnlicher New Yorker, genau wie die scheußlichen Sneakers, die auszupacken ich bisher nicht übers Herz gebracht habe. Ich müsse vermeiden, mit Wohlstandsattributen die Begehrlichkeit irgendeines Junkies zu wecken – mit Ratschlägen wie diesem hat man mir New York von vornherein verleidet. Überall sehe ich Strolche lauern, sogar unter meinem Bett habe ich gestern nachgeschaut, ob sich womöglich einer dort verborgen hat; die reinste Paranoia.

Zwei Uhr siebenundzwanzig nachmittags. Dieses amerikanische Abenteuer beginnt denkbar schlecht, nachts liege ich wach, weil ich es gewohnt bin, sechs Stunden später ins Bett zu gehen, und morgens versäume ich aus dem gleichen Grund das Aufstehen. Ich studiere die Frühstückskarte: kontinental oder amerikanisch, Eier mit Schinken, Buchweizenpfannkuchen, Kaffee – ein Stück trockenes Brot würde ich jetzt verschlingen wie ein Raubtier die nächstbeste Beute. Ich fixiere das Telefon, als müsse sich jeden Moment der Zimmerservice mit einem freundlichen *»Can I help you?«* melden, ich übe das Aufgeben der Bestellung, der Hörer hält sich mir sozusagen hin: tu's endlich! Doch gibt es in mir etwas, das stärker ist als meine Triebe. Frühstücken um vierzehn Uhr dreiunddreißig, das geht einfach nicht.

Zwischen zwei und drei p.m. soll ich für das Detektivbüro telefonisch erreichbar sein. Der Hunger beginnt der Sorge um Cäcilia den Rang abzulaufen. Mir fällt ein, daß ich ein Dessert-Praliné der Fluggesellschaft aufgehoben habe. Im Aktenkoffer zwischen den Blättern meines Manuskripts findet sich tatsächlich ein buntes Schächtelchen, das ich hastig zerpflücke. Die Süßigkeit erinnert mich daran, wie rasch meine Kinderkümmernisse mit Schokolade besänftigt werden konnten. Das funktioniert leider nicht mehr. Das Rauschen der Klimaanlage stört mich, ich brauche frische Luft, doch mit dem Öffnen des Fensters bricht erneut das Chaos über mein stilles Zimmer herein. Während die Supershow New York mir ihre endlose Nummernrevue zuspiegelt, versuche ich, dem bohrenden Hunger durch Konzentration zu begegnen. Auf dem Bett liegend entspanne ich mich bewußt, bis ich feststelle, daß ich der Deckenlampe zulächle. Das Telefon surrt. Mit der einen Hand greife ich zum Hörer, mit der anderen nach der aufdringlich tickenden Massenware: vierzehn Uhr einundvierzig.

Cäcilia

Die 199. East liegt mitten in der Bronx. »Dort können Sie auf keinen Fall hin, Madame«, sagte der Angestellte an der Rezeption hochmütig. »Das ist Niemandsland.« Da rief ich Pablo an und bot ihm hundert Dollar. *»Cien para cada uno«*, sagte er. Hundert für jeden. Er müsse zwei *amigos* mitnehmen, sonst sei der Ausflug viel zu riskant. Das Taxischild war abgeschraubt, dafür saßen zwei gefährlich aussehende Burschen vorn und hinten, zu denen ins Auto zu steigen ich zögerte, bis der Hotelportier sich näherte. »Wir müssen hier verschwinden, sonst bekomme ich Schwierigkeiten, *Señora.*« Dieses höfliche *»Señora«* gab den Ausschlag, ich rutschte neben den Kerl auf dem Rücksitz und versuchte, cool zu erscheinen. Pablo verlangte Vorauszahlung. Ich zeigte ihm die drei Hundertdollarnoten in meiner Handtasche. Für Notfälle hatte ich noch ein paar kleinere Scheine in einem Brustbeutel unter meinem Kleid. Wenn er mir das Geld abgenommen hätte, wäre ich an der nächsten Kreuzung aus dem Wagen gesprungen. Doch der Anblick des versprochenen Lohns genügte Pablo. »Hobo ... Taco ... « stellte er mir seine Freunde vor, die den Auftrag erhielten, meine Handtasche extra gut zu bewachen.

Während der Fahrt über den vollgestopften Highway, die ich auf der Straßenkarte verfolgte: Franklin D. Roosevelt Drive, East Drive, Bruckner Expressway, sprach keiner ein Wort, die Eruptionen des überforderten Motors und das Schmatzen, mit dem der »Leibwächter« neben mir seinen Kaugummi von einer Backe in die andere verlagerte, waren die einzigen Geräusche. Dann bogen wir in einen Stadtteil ein, der aussah, als habe hier ein Krieg stattgefunden: Jedes zweite, dritte Haus eingestürzt oder abgebrannt, die Fassaden geschwärzt, die Türen ausgebrochen, die Fenster mit Karton abgedichtet oder mit Lappen verhängt. Die Straße eine Müllkippe voll stinkendem Unrat und verbeulten Autowracks, Glasscherben zentimeterdick, tiefe Trichter im Asphalt – als ließe eine tödliche Krankheit die Stadt von innen her verfaulen. Im Vorbeifahren verwischte Gestalten, flüchtend vor unsichtbaren Gefahren. Nun sah ich auch die auf ihre Umgebung eingefärbten Obdachlosen, die dichtgedrängt wie Fliegen die Abfallberge durchwühlten, ich sah ihre dem Müll abgerungenen Behausungen aus Pappe und Plastik, ich sah die rostfarbenen Flecken getrockneten Blutes, die wie von Kinderhänden gemalten Endmarken erloschener Leben: ein Name, ein Kreuz; ich sah die zerbrochenen Crackamphiolen in den Rinnsteinen, die schamlos überall hingesetzten Kothaufen. Inständig hoffte ich, da ja in dieser Stadt die »guten« und die »schlechten« Viertel oft nur durch ein, zwei Blocks getrennt sind, daß wir diese Gegend hinter uns lassen und in einer bewohnbaren Welt ankommen würden, indessen schien sich Pablo dem – wenn es so etwas gab – Zentrum der Verkommenheit zu nähern.

Das Haus, vor dem er schließlich anhielt, hatte zumindest eine intakte Hülle, wie von streuenden Bomben zufällig verschont hielt es sich zwischen Schuttplätzen aufrecht. Im Dunkel des türlosen Eingangs bewegte sich etwas, doch niemand ließ sich sehen. Pablo öffnete das Handschuhfach, in dem ein Revolver lag, und blieb bei laufendem Motor mit am Lenkrad festgeklammerten Händen sitzen. Die *amigos* holten unter ihren Lederjacken Maschinenpistolen hervor, die sie nachlässig baumeln ließen, während sie mit provozierendem Hüftschwung auf das Haus zugingen. Sie verschwanden im Flur, ein Schrei, Pablo, nervös, trat aufs Gaspedal, so daß der Motor aufheulte, der Typ mit der umgedrehten Baseballmütze kam herausgelaufen, um zu sehen, was los war, der andere schleppte einen Halbwüchsigen am Kragen seiner Jeansjacke herbei und warf ihn rücklings auf die wummernde Motorhaube, wo der Junge bewegungslos, nur seine Augen blinzelten verschreckt in den grellen Himmel, der bevorstehenden Grausamkeiten harrte. Pablo stieg aus, ohne den Motor abzustellen, und ging ebenfalls nach hinten. Was mache ich, dachte ich, wenn sie ihn schlagen? Die Männer werden es mir nicht erlauben, mich einzumischen. Aber werde ich es aushalten? Glücklicherweise dauerte das Verhör nur kurz, dann winkte Pablo mir, der Junge wurde losgelassen und holte, als er mich erblickte, sofort einen Kamm aus der Hosentasche, um seine gelgehärteten Locken zu glätten. »Chico« – Pablo nickte in Richtung des Jungen – »wird uns in das Appartement der Frau Karla führen, die tatsächlich hier gewohnt hat. Es ist im vierten Stock, wir müssen zu Fuß hinauf, denn der Lift geht nicht«. Mit dem »wir« meinte Pablo aber nicht sich selbst, sondern den Mann mit der Baseballmütze, der Hobo hieß. Mit dem anderen, dem Kaugummikauer, bezog er Stellung im Auto. Meine Handtasche behielt er ein. Es hatte wenig Sinn, mit ihm deshalb zu streiten.

Im Treppenhaus ekelerregender Gestank: Abfall, Urinlachen, Kothaufen in unterschiedlichen Stadien des biologischen Abbaus, Wolken von Fliegen. Der Aufstieg war gefährlich, weil jene überall wirksame Zerstörungswut sich offenbar auch gegen Beton richtet, denn zwischen den einzelnen Stufen taten sich Fußangeln aus rostigem Stahl über gähnenden Löchern auf, die bestimmt nicht der Zahn der Zeit herausgenagt hatte. Das erste Stockwerk war in den Zustand eines Rohbaues zurückverwandelt, im zweiten gab es einige intakte Türstürze, im dritten roch es nach Bohnen mit Knoblauch, irgendwo schrie ein kleines Kind; das vierte schließlich, vollgestellt mit Sprungfedermatratzen, Kinderwagen, Ofenrohren, ausrangierten Küchenherden, sah richtiggehend bewohnt aus. Der Junge steuerte auf eine Tür zu, die mit einem Vorhängeschloß versperrt war, er versuchte, es mit einem Taschenmesser zu öffnen, da heulte hinter uns eine Stimme wie eine Sirene los: *»Chico! You bastard! Whatcha doin' – !«* Ein rosa Riesenvogel stürzte sich auf ihn, ein Federn streuendes kugelförmiges Wesen, das mit Goldlamépuschen nach ihm trat und ihn mit seinem Gewicht rückwärts zu Boden riß – nur mit Mühe konnte er sich unter der Masse hervorwinden. Die Frau griff nach dem herabgefallenen Messer, doch Hobo kam ihr zuvor. Nun ging sie, Beschimpfungen ausstoßend, die ich Gott sei Dank nicht verstand, auf mich los: *»I'm, I am –«* stotterte ich, das englische Wort für Nichte fiel mir nicht ein, und wäre mir nicht Hobo zu Hilfe gekommen, indem er die Megäre an den Schultern packte und festhielt, hätte sie mir mit ihren rosalackierten Nägeln das Gesicht zerkratzt. *»I'm from Germany!«* rief ich, *»I'm* – ich bin Karlas Nichte!« Das Zappeln hörte auf. Sie wischte Hobos Hände vom rosa Satin, ordnete die Federboa um ihren Hals, streckte mir, als ihr Äußeres so weit wiederhergestellt war, die Hand hin und sagte auf deutsch: »Herzlich willkommen! Ich bin Rosy Rose. Bestimmt hat Karla von mir erzählt. Wie geht es ihr?«

Die Nachricht von Karlas Tod bewirkte, daß zwei dicke Tränen ihren Weg über Rosy Roses schüttere Wangen mit Spuren von Wimperntusche markierten. Sie lud mich – Hobo übersah sie, was diese nicht aus dem Gleichmut brachte – in ihre Wohnung ein, die mit einer stählernen Zwischentür und drei Sicherheitsschlössern geschützt war. Ich fragte mich, was an dieser dürftigen Einrichtung, dem durchgesessenen Sofa, dem verfleckten Sessel, den zerbrochenen Stühlen einen Dieb hätte reizen können. Diese Menschen waren offensichtlich so arm, daß schon die Tasse, in der mir ein entfernt nach Rum schmeckender Schnaps angeboten wurde, Besitzstand bedeutete. Unterbrochen von kräftigen Schlucken direkt aus der Flasche erzählte mir Rosy Rose, während ein zweites Tränenpaar verblüffend genau den Spuren des ersten folgte, von Karlas elendem Altern in dieser Stadt, die ihr, solange sie jung und leistungsfähig war, ein gutes Leben zu führen erlaubt hatte, die sie aber hoffnungslos ausstieß, als sie schwächer wurde und schließlich erkrankte. »Und ihr Mann? Sie hieß Johnson, also war sie verheiratet. Ihr Mädchenname war von Z.« – »Davon hat sie nie etwas erwähnt. Das muß vor meiner Zeit gewesen sein. Wann bin ich eingezogen? 68? 69? Da war das noch eine recht ordentliche Gegend. Karla wohnte schon in diesem Haus, allerdings weiter unten, in einem großen Appartement im zweiten Stock. Erst die Sozialhilfe trieb sie herauf zu mir unters Dach. Seit es dann mit dem Viertel bergab ging und immer mehr Farbige einzogen, sind wir als die einzigen Weißen übriggeblieben, die Nachbarschaft duldet uns, weil uns umzubringen sich nicht mehr lohnt. Hier wohnen Puertoricaner und Schwarze, die sich gegenseitig bekämpfen, nur in einem Punkt sind sie sich einig, das ist der Haß auf die Weißen. Sei froh, wenn du hier mit heiler Haut wieder herauskommst – !«

»Eine furchtbare Stadt«, sagte ich. Heute früh dachte ich noch: eine wunderbare Stadt. Damit zog ich mir Roses Verachtung zu. »Wo du herkommst, das sehe ich wohl: gutes altes Europa, heile Welt der Fachwerkhäuser, wo man zum Schlafengehen eine Zipfelmütze über Augen und Ohren zieht«, sagte sie und nahm einen kräftigen Schluck. »New York, das ist der Dschungel, und wenn du nicht aufpaßt, hat dich das nächste wilde Tier, das sich Mensch nennt und zufällig Appetit auf dich bekommt, zwischen den Zähnen. Und wenn du nicht gewitzt genug bist, um allen Fallen auszuweichen, und schnell genug, um allen Nachstellungen zu entkommen, hast du keine Chance. Am Morgen weißt du nicht, ob du den Tag überstehen wirst. Am Abend liegst du in deinem Bett und dankst Gott – ! Ein Europäer würde hier keine vierundzwanzig Stunden überleben – !« Ihre Aussprache war fast akzentfrei. »Sind Sie Deutsche?« fragte ich. »Dreimal darfst du raten«, sagte sie patzig. »Sind Sie – dem Holocaust entkommen?« Rose zog die Enden ihrer Federboa hin und her, bis sie parallel auf ihren großen Brüsten ruhten. »Eigentlich eher das Gegenteil«, sagte sie. »Ich war Nazi und im BDM. Ich hatte Glück, denn ich war zu jung für schmutzige Hände. 1946 hab' ich einen Ami geheiratet, einen Sergeanten, um aus dem Hungerland fortzumachen.« – »Und Karla?« fragte ich. »Von Karla weiß ich nur, daß sie Anfang der sechziger Jahre ausgewandert ist. Sie hat nie über ihre Vergangenheit gesprochen.«

Daß meine »Erbschaft« keine elegante Eigentumswohnung mit Blick auf den Central Park ist, an den Gedanken hatte ich mich nach dem Studium des Stadtplans gewöhnt, doch die Behausung, die mir Rose aufschloß, nachdem sie um den wachsamen Hobo einen Bogen wie um einen Kettenhund geschlagen und den herumlungernden Chico zum Teufel geschickt hatte, übertraf meine schlimmsten Befürchtungen: anderthalb schief zugeschnittene Zimmer, darin nur das schäbige Notwendigste: Bett, Schrank, Tisch, zwei Stühle, hinter einem Plastikvorhang Kloschüssel und Waschbecken, nichts Schmückendes, nichts Persönliches, nicht einmal ein billiger Druck an der Wand. In diesem Moment wurde mir klar, was ich hier eigentlich gesucht hatte – den Kinderzauber, die Wohnung mit den Kissen und Spiegeln, den Kerzen und silbergerahmten Bildern, dem Grammophon und dem von einer bunten Decke verhüllten Bett. Dabei wußte ich, daß Karla bis auf die Fleckerldecke, die ich bekam, alles verkauft hatte, bevor sie in die Vereinigten Staaten ging. Aber irgendwo mußte es doch noch etwas geben, was ihr gehört hatte –! Ich öffnete den Schrank, die Tischschublade – leer. Erst jetzt begriff ich, wie arm sie gewesen ist. Auf dem Brett des einzigen Fensters in einem Plastiktopf eine vertrocknete Pflanze. »Ist das alles, was Karla hinterlassen hat?« fragte ich. Rose stemmte ihre Fäuste in die faltenwerfende Taille: »Ihren Hausrat, wenn du den meinst, die drei Handtücher, das alte Bettzeug, das bißchen Geschirr habe ich ihr abgekauft. Für einen guten Preis, übrigens. Mir konnte es nur recht sein, daß sie mit ihrer Krankheit nach Europa ging. Am Ende hätte ich sie noch pflegen müssen.«

Ich bot ihr an, Karlas Sachen zurückzukaufen. »Wo denkst du hin, Kindchen. Das hat sich alles längst verflüssigt.« Sie legte den Kopf in den Nacken und zeigte: »Gluckgluck« ... Hinter dem Plastikvorhang fand ich den Rest von Karlas New Yorker Lebensspuren: eine zerbrochene Seifenschale am Ausgußrand, daneben eine struppige Zahnbürste. Offenbar hatte sie für ihre letzte Reise jeden Penny zusammengekratzt. Ihre Handtasche hatte nichts enthalten außer dem Paß, neun Dollarnoten und dem mit Kuli beschrifteten Zettel, auf dem sie mich zur Erbin dieses Schrotts einsetzte. Hatte sie sich an mir rächen wollen? Sollte ich mich schuldig fühlen an ihrem verpatzten Leben? Mit der abgenagten Zahnbürste in der Hand stand ich da und weinte, ansteckend für Rose, die so viele Tränen produzierte, daß die Spuren von Wimperntusche auf ihrem Gesicht vollständig gelöscht wurden. Wir kehrten in ihre Wohnung zurück, wo sie sich mit dem scharf riechenden Schnaps, an dem ich nur nippte, weiteren Trost zusprach. Von Alkohol und Aufregung erhitzt, warf sie die Federboa beiseite, öffnete den Reißverschluß ihres Clownskostüms bis zur Schlucht ihrer Brüste, griff hinter sich ins Sofa und zog einen schwarzen Fächer hervor, den ich zu erkennen glaubte. »Das ist Karlas Fächer«, sagte ich und streckte die Hand nach ihm aus. »Baby«, erwiderte sie mitleidig, »Kindchen, solche Fächer bekommst du hier in jedem Drugstore. Aber wenn du ihn unbedingt haben willst – wieviel gibst du mir dafür?« – »Karlas Einrichtung«, sagte ich. »Die mußt du sowieso hier lassen«, entgegnete sie, »die kannst du mir nicht verkaufen.« Ich holte den Beutel aus meinem Ausschnitt und legte zehn Dollar auf den Tisch, nach denen sie gierig griff; damit sie es sich nicht noch anders überlegte, riß ich ihr den Fächer aus der Hand. Er war aus Plastik, nicht aus Spitze, doch ließ ich mir nicht anmerken, daß ich mich geirrt hatte. Jetzt wollte ich nur noch hier raus, in mein komfortables, sicheres Hotelzimmer, in irgendein Zuhause.

Ich schrieb Rose meine Telefonnummer auf, »für den Fall, daß Ihnen noch etwas einfällt ...« Jemand donnerte an die Tür, *»Chico, shutup!«* schrie Rose, doch es war Hobo, der rief, er müsse sofort hinunter, Pablo habe SOS gehupt. Als Rose endlich alle Schlösser entriegelt hatte, war er längst weg; dafür stand da, grinsend, Chico und bot an, mich hinunter zu begleiten. *»Behave yourself!«* gab Rose ihm, oder uns, mit auf den Weg, besser hätte sie daran getan, mich vor dem frühreifen Bürschchen zu warnen. Wir machten uns an den Abstieg. Im zweiten Stock sprang er mich an und warf mich auf einen Haufen Lumpen, ich war so überrascht, daß er schon die Hand auf meinem Mund hatte, als ich um Hilfe schreien wollte. Dieses Kind versuchte tatsächlich, mich zu vergewaltigen, riß mir das Kleid auf, biß mir in die Brust und zerrte an meinem Schlüpfer, doch da es ein Junge war, kein erwachsener Mann, hatte ich keine Angst, sondern nur eine ungeheure Wut und wehrte mich mit aller Kraft. Plötzlich entspannte sich Chico, ich merkte an der warmen Feuchtigkeit auf meinem Bauch, daß die Vergewaltigung überflüssig geworden war, was mich merkwürdigerweise nicht erleichterte, sondern nur noch wütender machte: *»I kill you!«* rief ich, *»I kill you!«* Doch da war Chico schon auf den Beinen, flitzte den Flur entlang und schwang sich durchs Fenster – er hatte Hobo kommen hören, der mich am Arm faßte und den Weg entlang zerrte, den der Junge gerade genommen hatte: durchs Fenster über die Feuerleiter auf einen einsturzgefährdeten Schuppen, von wo aus wir Pablos Taxi kreisen sahen, das auf Hobos Trillerpfeifensignal hin mit hohem Tempo heranraste und mit kreischenden Bremsen nicht etwa anhielt, sondern nur so langsam fuhr, daß Hobo mich vom Dach schubsen, aus dem Dreck auflesen und ins Auto hineinschieben konnte, während der andere »Leibwächter« mit seinem Gewehr aus dem Fenster nach hinten zielte, wo irgend etwas vor sich ging; ich glaube, es wurde sogar geschossen. Als wir endlich auf dem Highway waren, fragte ich, was los gewesen sei – und bekam, ich hätte es mir denken können, keine Antwort. Meine Handtasche mit dem dreifachen Honorar war noch da, nur der Brustbeutel fehlte. Wortlos brachten Pablo und seine Freunde mich zur Hotelhaltebucht, wo ich unter den mißbilligenden Blikken des Portiers die Dollarnoten mit Handschlag verteilte. *»Muchísimas gracias«,* sagte ich. *»De nada«,* sagten sie und: *»Adios, Señiora.«* Um in New York angestarrt zu werden, muß man wirklich außergewöhnlich aussehen, das geschah mir nun in der Hotelhalle: Ich hinkte, offenbar war mein Knöchel verstaucht, dazu war ich über und über schmutzig, was andererseits den Vorteil hatte, daß die nackte Haut zwischen den Kleiderfetzen nicht so hervorleuchtete. An der Rezeption tat ich, als sei es die normalste Sache der Welt, in diesem Zustand aus New York City zurückzukehren, und niemand stellte mir eine Frage. In der sauberen, weißen Badewanne, in nach Fichtennadeln duftendem Schaum, versuchte ich, all den Dreck des Tages abzuspülen ...

Paul

Ich versuche zu verstehen, was mir soeben widerfährt: Ich kriege die Tür nicht auf. Die Sperre ist nicht physikalischer, sondern psychischer Natur – ich bringe es nicht fertig, die Klinke hinunterzudrücken und in den Flur hinauszutreten. Der Gedanke an den Lift treibt mir den Angstschweiß auf die Stirn, die Vorstellung, durch die Hotelhalle zu gehen, läßt mich wünschen, ich wäre tot. Wie nennt man so etwas? Klaustrophilie. Gefängnislust. Furcht vor dem Schritt ins Freie. Was macht ein Mann, dem Angst die Glieder lähmt? Er redet sich gut zu. Er konditioniert sich. Mensch, Paul, sage ich mir, reiß dich zusammen, stell dich nicht so an. Denk an deine erste Schulhofprügelei, da hast du dir vor Angst fast in die Hosen gemacht, und doch wußtest du: Es war unvermeidlich, wolltest du nicht vor der ganzen Klasse und lebenslang vor jedermann als ein Feigling dastehen, als einer, mit dem man es machen kann. So schlimm war es dann doch gar nicht, jedenfalls einfacher, als du es dir vorgestellt hattest – diese lächerliche Verstrickung mit Fäusten und Füßen, der Verlust der

Selbstkontrolle beim ersten Schmerz, der Filter von Wut vor allen Wahrnehmungen, die merkwürdige Lust an der Gewalt. Die Beulen hast du doch eh erst gespürt, als deine Mutter dich schalt; übrigens irgendwie respektvoller als sonst, was dir nicht entging: das aufschießende stolze Gefühl – dieser Teil von dir gehörte ihr nicht – war dir die Sache wert! Es gab eine Zeit, da hast du Schlägereien geradezu provoziert, weil du gierig warst nach der Eilfertigkeit, mit der man dir Mütze und Mappe reichte, nach der Bewegung in deinem Rücken, wenn du über den Pausenhof gingst, nach der verstohlenen Aufmerksamkeit der Mädchen. Irgendwann im Prozeß der Menschwerdung verlor sich deine Streitbarkeit, doch nun brauchst du sie wieder, selbst die Heiligen kamen nicht ohne Schwerter und Lanzen aus, um das Böse zu besiegen.

Ich sehe mich im Spiegel. Schimmert der helle Sommeranzug nicht metallen, schient das Bein nicht Stahl, ist es nicht ein Helm, den ich aufsetze, während ich mir fest in die Augen blicke: »Heiliger Georg, tapferer Drachentöter, hilf!« Janitscharenmusik im Ohr haue ich auf die Klinke, reiße die Tür auf, werfe sie hinter mir zu, stürme an dem erschrockenen Zimmermädchen vorbei und komme erst im Käfig des Lifts wieder zu mir, der jetzt vor allem nicht steckenbleiben darf, denn mit diesem Adrenalinspiegel würde ich zum Amoktäter –! Der Taxifahrer, den der Hotelportier herbeigewinkt hat, bremst, als ich ihm die Adresse nenne: Das seien nur fünf Blocks, zu Fuß gehe es schneller. *»Listen«*, sage ich, *»I pay, you go.«* Basta. Da sitze ich nun, geschieht mir recht, in einem Stau von megalomanem Ausmaß,

Schweiß durchweicht mein Hemd, Benzindünste benebeln mich, der Lärm gibt mir den Rest. Zum offenen Fenster hinaus flucht der Chauffeur auf Gott und die Welt. Schalten, rollen, stehen, schalten, fluchen, schalten, rollen, fluchen, schalten, stehen. Ich versuche, die im flimmernden Dunst kaum erkennbare Ampel zu hypnotisieren: Grün. Warum tut sich denn nichts? Ich kann mich des Gefühls nicht erwehren, daß ich in einer Prozession von blechernen Lemmingen irgendeinem Tunnel zugeführt werde, in dem die Zivilisation sich freiwillig mit Gas vergiftet. Der Adrenalinvorrat reicht aus für Selbstbefreiung: *»Okay, you win«*, rufe ich, werfe einen Zehndollarschein nach vorn und springe aus dem Wagen.

Ich fädle mich in den Passantenstrom ein. Als ob ich auf einem Förderband glitte, schwimmen mir Gesichter entgegen, kreuzen Blicke den meinen, werden Gestalten zu Schatten und verschwinden im toten Winkel. Nach zehn Schritten ängstigt mich die Menge nicht mehr, nach zwanzig Schritten fühle ich mich, als sei ich hier geboren, nach dreißig Schritten fängt es an, mir in New York City zu gefallen. Mein Ich fällt wie eine Last von mir ab, ob ich Paul bin oder ein anderer hat keine Bedeutung, meine Verantwortung besteht darin, mitzuströmen und Abstand zu wahren, ich bin eines von Millionen hin- und herwogender Elementarteilchen, die mit nichts anderem beschäftigt sind, als durch ihre ständige Bewegung den Kosmos im Gleichgewicht zu halten. Das ist es, was wir zu tun haben. Mehr ist es nicht. Ich nehme mir vor, diesen häretischen, diesen gottlosen Einfall für später festzuhalten, da ich in diesem

Moment nicht denken, sondern nur fühlen kann: eine geheimnisvolle Übereinstimmung mit allen und allem, doch als ich aus dem Strom ausgeschert bin und vor einem bestimmten Hauseingang mein zerstreutes Ich wieder einsammle, hat sich jener Gedanke verflüchtigt. Er paßte auch irgendwie nicht zu mir. Weswegen bin ich gleich nochmal hier? Ach, ja: Cäcilia ist verschwunden.

»Mister – eh d'Anton, es interessiert mich nicht, was Sie für Theorien haben, das Schlußfolgern dürfen Sie mir überlassen, ich versteh' mein Geschäft. Erzählen Sie mir, was Sie wissen, und verschweigen Sie vor allem nicht die geringste Kleinigkeit –!« Ich möchte diesem arroganten Jüngling in abgetragenen Jeans und verdreckten Turnschuhen am liebsten den Rücken kehren, »vergessen Sie's, mein Herr, und guten Tag«, doch bin ich auf diesen Mann, den »besten Detektiv New Yorks«, der Cäcilia angeblich schon auf den Fersen ist, leider angewiesen. Zähneknirschend kusche ich (wie soll ich es sonst nennen?) vor dem Kerlchen, der mein Sohn sein könnte, gar mein Schwiegersohn, da ja nicht auszuschließen ist, daß Christine auf diesen Typ abfahren würde, frech, ungepflegt und hübsch, wie er ist, so gutaussehend in der Tat, daß es selbst mir die Sprache verschlägt, und ich war doch noch nie für männliche Schönheit empfänglich. »Ich habe Ihnen schon alles gesagt«, wende ich ein, und um die Kraftlosigkeit meines Protestes zu überspielen, lege ich meine Hand an den Reißverschluß meiner Pfeifentasche – folgenlos, denn das *No-smoking*-Schild an der Wand habe ich längst bemerkt. »Fangen Sie noch einmal von vorn an!«

befiehlt er, angelt sich mit dem Fuß einen nahen Stuhl und plaziert gemütlich beide Turnschuhe darauf. Obwohl zahlender Kunde, bin ich in diesem Moment nicht Herr des Geschehens. Ich lege die Pfeifentasche auf den Tisch, versetze ihr einen allzu beflissenen Stoß und beginne: »Wie ich schon sagte...« Jeden Satz fange ich so an: »Wie ich schon sagte...« Mal sehen, wie lang dieser Möchtegern-Marlowe das aushält.

Der Detektiv unterbricht mich genau in dem Moment, als ich die Lächerlichkeit meines Verhaltens erkenne. Da bin ich gerade fertig mit der gewissenhaften Wiedergabe jener Grenzgängertheorie, der Karlas Pflegerin anhing. »Glauben Sie das?« fragt er. »Meine Güte, nein«, antworte ich. Daß ich nicht rauchen kann, macht mich nervös. »Wissen Sie, Mister, Mister...« – »Nennen Sie mich Jonathan«, schlägt der Ermittler vor. »Wissen Sie, Jo –« (ich bringe den Namen nicht über die Lippen) »die Frau war ein bißchen verrückt. Nicht genug, um Schaden anzurichten, doch die Phantasie konnte sie einem schon auf Abwege lenken.« – »So abwegig ist das gar nicht«, widerspricht Jonathan: »Ich habe selbst einen ähnlichen Fall erlebt. Eine junge Frau, die über Wochen ihren todkranken Vater pflegte, mußte sich tagtäglich seine bitteren Vorwürfe anhören. Eine Stunde, nachdem er gestorben war, erlitt sie einen Herzinfarkt. Er hat sie buchstäblich mitgenommen.« So erfahren bin ich in Dingen der Kommunikation, um zu wissen, daß die freundliche Abschweifung das Terrain für einen Tiefschlag vorbereitet. »Und Ihre Frau ging damals häufig abends aus?« Der lag daneben. »Das hat die Krankenschwester behauptet. Ich pflege meine Frau nicht zu kontrollieren.« – »Haben Sie getrennte Schlafzimmer?« – »Nein, aber« – ich fühle mich unbestimmt schuldig – »ich arbeite oft bis drei, vier Uhr morgens. Da schläft meine Frau längst.« – »Halten Sie es für möglich«, jetzt sieht mir der junge Mann inquisitorisch in die Augen, »daß sie einen Liebhaber traf?« Das geht entschieden zu weit; das ist empörend. Doch mein Zorn kann sich nicht richtig entfalten, irgend etwas lähmt ihn. »Nein.« Das ist alles, was ich sage. Jonathan bohrt weiter: »Hat Ihre Frau Bekannte in New York?« – »Nein.« – »Jemand, der sich vorübergehend in Ihrem Städtchen aufhielt?« Ein Impuls in einem inaktiven Teil meines Gehirns. Doch keine Erinnerung zündet. »Bestimmt nicht!« versichere ich.

Jonathan steht auf und wandert im Raum hin und her. Ich habe unfaßliche Lust, ihm einen Schulhofschwinger zu verpassen, weil er Cäcilia beleidigt hat und überhaupt, doch würde ich die Replik seines durchtrainierten Körpers wohl kaum wegstecken können. Ich ahne die Spannkraft seiner Muskeln und fühle, wie einen Stich in den Eingeweiden, zum erstenmal in meinem Leben Neid auf einen Jüngeren. Dazu bin ich nach New York gekommen: um festzustellen, daß ich alt werde – ! »Wir haben die Adresse überprüft, die Sie uns angegeben haben: Karla Johnson, 199. East. Die Straße liegt in der Bronx – das ist eine Gegend wie Sodom und Gomorrha nach dem Feuerregen, ein Weißer kann dort nicht überleben, schon gar nicht eine alleinstehende Frau. Unser Mann hat Anweisung, das Haus, eine dieser Menschenfallen, die unbewohnt aussehen, aber häufig ein Totschlägernest beherbergen, nicht ohne Verstärkung zu betreten; wir organisieren das gerade.« – »Dann ist diese ganze Erbschaft ein Schwindel?« – »Das will ich damit nicht behaupten. Ende der fünfziger, Anfang der sechziger Jahre war das ein besseres Viertel, wo vor allem Einwandererfamilien aus Europa lebten. Jetzt ist selbst ein ganzes Haus dort keinen Cent mehr wert. Das Erstaunliche ist«, Jonathan betrachtet mich nachdenklich, als wäge er ab, was er mir zumuten könne, »daß Ihre Frau offenbar in diesem Haus war. Und mit heiler Haut herausgekommen ist.« Er kehrt zum Schreibtisch zurück und legt die Hand auf ein Schulheft, das mir nicht aufgefallen ist, obwohl ich bei näherem Hinsehen die auf den Umschlag gekritzelten Initialen C. d'A. hätte erkennen müssen: »Das geht jedenfalls aus diesem Tagebuch hervor, das sie in der Nachttischschublade ihres Hotelzimmers hinterlassen hat.« Ich strecke die Hand aus, doch Jonathan blättert jetzt darin, wie man in einem Liebesroman, den man unter dem Kopfkissen der halbwüchsigen Tochter hervorgezogen hat, nach zensurbedürftigen Stellen sucht. Unter Aufbietung aller Selbstbeherrschung gelingt es mir, ruhig zu bleiben, cool, wie Christine sagen würde, obwohl ich dem Kerl Cäcilias vertraute Krakel, die ihn weiß Gott nichts angehen, am liebsten aus der Hand reißen würde. »Steht etwas Wichtiges darin?« frage ich möglichst beiläufig. »Ich weiß nicht, ob Sie es lesen sollten. Ich warne Sie.« *I warn you.* »Hören Sie«, sage ich, und aufsteigende Wut verkrampft meine Stimmbänder: »Ich kenne meine Frau seit zwanzig Jahren. So abgründig können ihre Geheimnisse nicht sein, daß sie mir vorenthalten werden müßten.« – »Waren Sie Ihrer Frau immer treu, Mr. d'Anton?« – »Selbstverständlich.« – »Schade.« Was meint er damit? Was zum Teufel (so weit hat er mich gebracht, daß ich fluche) kann Jonathan damit meinen? »Es war eine sehr gute Ehe«, höre ich mich beteuern und finde es gleich darauf peinlich, daß ich in der Vergangenheitsform gesprochen habe. Der Detektiv ist offenbar zu einem Entschluß gekommen: »Ich werde Ihnen das Tagebuch aushändigen – sobald die Ermittlungen abgeschlossen sind.« Ohnmächtig muß ich mit ansehen, wie er das Quartheft in den Tresor sperrt.

»Möchten Sie Kaffee?« Das ist ein Friedensangebot. Ein Geschöpf mit weißblonder Kurzhaarfrisur, breiten Schultern, schmalen Hüften, erst auf den zweiten Blick weiblichen Geschlechts, schiebt mir außer dem Pappgefäß einen Aschenbecher hin. *»Thank you very much«*, sage ich, aber ich werde nicht rauchen. Jonathan setzt sich mir gegenüber auf die Schreibtischkante und verschränkt die Arme über der Brust wie ein Lehrer, der eine schwierige Klasse vor sich hat: Nach ihrem Ausflug in die Bronx habe Cäcilia noch eine Woche in dem Hotel **** gewohnt. Erst danach verlören sich ihre Spuren. Der Taxifahrer, der sie in die 199. East gebracht habe, sei sauber. Freilich gebe er seine Helfer auch gegen Geld und gutes Zureden nicht preis, doch sei es unwahrscheinlich, daß diese etwas mit Cäcilias Verschwinden zu tun hätten. »Um die Wahrheit zu sagen – wir sind auf einer anderen Spur.« Jonathan macht eine Pause, um zu erreichen, daß ich ihm in die Augen schaue. »Dem Tagebuch konnten wir entnehmen, daß Ihre Frau – einen bestimmten Plan verfolgt. Wir haben unsere Leute dort postiert, wo sie sich hin begeben muß, falls sie ihren Vorsatz ausführen will.« Er traut mir die Wahrheit nicht auf einmal zu, verabreicht sie mir statt dessen tröpfchenweise: Mund auf, Mund zu, Mund auf, Mund zu. Er macht mich rasend. »Nun kommen Sie schon zur Sache«, sage ich – und ahne immer noch nichts. »Ihre Frau hat sich vorgenommen, jemanden zu erschießen.«

Er ist verrückt. Oder ich bin es. Wovon spricht er. Das Gefühl, das mich seit meiner Ankunft in New York immer wieder beschleicht: daß ich aus der Wirklichkeit heraus und in einen schlechten Film hinein geraten bin, überwältigt mich. Kein Zweifel: Der Umgang mit Verbrechen hat den Detektiv zum Paranoiker gemacht. *Déformation professionelle*. Er kann nicht mehr anders, er sieht nur noch Mörder. »Cäcilia? So ein Unsinn – !« protestiere ich. »Mister d'Anton«, sagt Jonathan eindringlich, »ich muß Ihnen etwas sehr Unangenehmes mitteilen. Ihre Frau hatte einen Liebhaber. Einen New Yorker Architekten, den sie in Deutschland kennengelernt hat. Ben S. Kempe – schon mal gehört? Eigentlich: Siegfried Kempe, ein naturalisierter Deutscher, der mit seinem Nazi-Taufnamen in New York keinen Stich gemacht hätte. Ben klingt jüdisch, so schlägt er zwei Fliegen mit einer Klappe. Ihre Frau hat ihn hier getroffen, bevor sie verschwand.« Ich fühle, wie das Blut aus meinem Kopf in die Füße sackt. Die Blondine springt hilfreich herbei, um mich zu stützen. Vermutlich bin ich weißer als der vergilbte Wandanstrich. »Nehmen Sie es nicht so tragisch«, sagt der Detektiv. »Verrat ist alltäglich. Jeder begeht ihn. Das Wichtigste ist, daß wir Ihre

Frau finden, bevor es zu spät ist.« Als er sieht, wie ich nach Fassung ringe, fügt er hinzu: »Tut mir leid für Sie, Sir. Ich kann mir denken, wie Sie sich jetzt fühlen.« Seine Anteilnahme ist es, die mich davon überzeugt, daß er die Wahrheit sagt. Ich bin besiegt. Nicht nach Punkten, sondern mit *knock out*. Vom Leben. Von dem Bösen, das ich, wie ich in diesem Moment erkenne, für einen reinen Begriff gehalten habe.

Ben

Also gut, ein Mal. Ein einziges Mal, beschloß ich. Ich hatte eine Scharte auszuwetzen, mein Versagen damals in dem Motel, an dem sie nicht unschuldig war, erst zierte sie sich wochenlang, dann legte sie sich doch hin. Und ich stand natürlich unter Druck und hatte die Pöbeleien des bärtigen Strolches noch im Ohr, und Cäcilias hysterisches Gelächter. Ein einziges Mal, meine liebe Emma Bovary, und so, daß du New York nie vergißt. Dann wirst du abreisen, es wird dir gar nichts anderes übrig bleiben, mein Büro ist darauf geeicht, mich abzuschirmen, es verlangen häufiger Frauen nach mir, von denen meine Sekretärin weiß, daß ich für sie nicht zu sprechen bin. Ich ließ sie drei Tage zappeln, dann rief ich sie an. »Ben, ach Ben«, schluchzte sie, »endlich – !« Das rührte mich. Doch, sie rührte mich. Manchmal wünschte ich, die Liebe, ich meine, die verläßliche, dauerhafte, gäbe es auch für mich. Wie vermutlich jeder Mann träume ich von der vollkommenen Frau; ich habe sie nur noch nicht getroffen. Sie müßte in der Lage sein, sich mir rückhaltlos auszuliefern. Sie müßte warten können: auf den Moment, in dem ich sie brauche. Sie müßte in allem gehorsam sein und trotzdem unschuldig bleiben, von unabnutzbarer Jungfräulichkeit, wie eine Huri aus dem mohammedanischen Paradies. Daran spätestens scheitert die Liebe: daß Unschuld sich nicht regeneriert. Es ist merkwürdig, daß Frauen, hat man sie erst einmal entfesselt, ihre Freiheit so hemmungslos genießen, als sei dies das Ziel des Mannes gewesen. Sie verstehen nicht, daß ihn das Ergebnis verärgert. Denn nun triumphieren sie, sie triumphieren in ihrer ausschweifend glücklichen Hingabe und fühlen sich geliebt und verstanden. Und du siehst dich genötigt, ihnen vor Augen zu führen, wer der Herr ihrer Lust ist. Dann erschrecken sie und starren dich an, als könnten sie deine Feindseligkeit mit ihrem Blick auslöschen, und in diesem Moment begreifst du, daß du sie haßt. Daß du sie schon gehaßt und verachtet hast, als sie dir noch begehrenswert wie Helena erschienen – wie wenn in jeder Frau eine Urform verborgen wäre, ein Prinzip, das herauszupräparieren und unschädlich zu machen du beauftragt bist. Dein Ruf als Don Juan geht fehl. Nicht nach Sex bist du süchtig, sondern nach dem Entfernen des Zünders aus der tickenden Bombe. Was soll ich mit Cäcilia, sie ist verheiratet, irgendwann steht ihr Mann vor der Tür. Sie ist mir nachgereist, das verdient Belohnung. Sie hat mich nicht um Erlaubnis gefragt, das fordert Strafe heraus. Nun gut, ein Mal. Zur blauen Stunde. So daß sie mich nie vergißt.

Ich ließ sie von der Rezeption aus anrufen. Am liebsten wäre ich gleich in ihr Zimmer gegangen, das hätte Zeit gespart. Doch Mrs. d'Anton bat Mr. Kempe nicht hinauf, sondern verlautete, sie komme sofort herunter. Ich postierte mich in einer kleinen Entfernung gegenüber dem Lift. Als sie mich sah, rannte sie doch tatsächlich los und stürzte sich in meine Arme, die auszubreiten ich mich folglich gezwungen sah, und da sie schon einmal an meinem Hals hing, hob ich sie hoch und drehte sie herum und herum. Ich wette, es war großes Orchester für sie, tobendes Finale, harmonisch und dissonant, und wenn ich sie losgelassen hätte, wäre sie in den Himmel geschossen und wie ein Feuerwerkskörper zerplatzt. Ich setzte sie vorsichtig ab. Sie taumelte, was ein wenig lächerlich aussah. Der Liftjunge starrte uns an, Gäste wandten die Köpfe nach uns. Alle hatten dieses Lächeln des Einverständnisses um die Lippen, auf das die Liebenden in dieser Welt rechnen dürfen, solange das Schauspiel, das sie bieten, ins Nachmittagsprogramm paßt. Ein Blick in unsere Köpfe, die Offenbarung von Cäcilias Wahn und meinem Verrat, und diese Leute hätten uns mit der Elastizität ignoriert, mit der sie tagtäglich den Fallstricken Babylons ausweichen. Man kann in dieser Stadt leben, als sei man auserwählt.

Cäcilia erwartete zweifellos ein romantisches Programm. »Zuerst«, schlug ich vor, »zeige ich dir das Neue Jerusalem aus Glas und Marmor. Die Obelisken des ewigen Erfolgs. Die Transzendenz des Geldes. Den steingewordenen amerikanischen Traum.« T & T hat freilich weder etwas mit Transzendenz noch mit Traum zu tun, sondern nur mit Geld. Am Eingang zum Paradies ein schwarzer Türhüter in goldglänzender Uniform. Sphärenklänge, wie es sich an diesem Ort gehört, Kammermusik vermischt mit dem Rauschen eines hochhaushohen Wasserfalls. Der Garten Eden des Architekten ist eine kühle Schlucht aus rosa Marmor, wo die Engel Frack tragen. Auf gläsernen Rolltreppen schweben die Seligen dem Himmel entgegen, unter dessen erstarrtem Dach der Luxus zwölf Monate Weihnachten feiert. »Schade, daß die Sonne nicht scheint«, sagte ich. »Dieser Zauber irisierenden Lichts, sobald die Strahlen sich in den versetzten Oberlichtern brechen – ich habe ihn schon als Kind geliebt, wenn ich im Gewächshaus meines Vaters auf dem Boden lag und durch die Scheiben in den Himmel sah.« Cäcilia blieb stehen, sie wollte, daß ich weiterredete, ihr mein Leben öffnete, mein Herz preisgäbe, doch lag das nicht in meiner Absicht, und ich trieb sie in das nächste Elysium: ganz Midtown-Manhattan ein Verbund von Atrium, Arkade, Piazza, Plaza. Wasser, das über Klippen, Riffe, Barrieren, Wände, Treppen aus schwarzem oder rotem Marmor fließt, stürzt, springt, rieselt, tropft, Pflanzen, deren Grün so eintönig ist, als langweile sich die simulierte Natur, bleichstämmige Wäldchen mit dem schütteren Blattwerk der Südstaaten-Sycamore, Dickichte von bündelweise eingetopftem Bambus. Über allem ein süßliches Parfüm, bestimmt sei das, rief sie, die Duftspur des Goldenen Kalbes! Meine bibelfeste Emma Bovary. Ich sprach ein wenig über Walter Benjamins Passagen-Buch, beschrieb den Flaneur, auf dessen Augen, Ohren, Nase und Mund diese Sinnenfreuden zugeschnitten seien. »Ich sehe«, widersprach Cäcilia, »nur Touristen und teuer gekleidete Frauen in der von dir geschilderten langsamen Gangart der Muße. Alle anderen hetzen durch dein Paradies, als sei ihnen irgendein Unterteufel auf den Fersen, ab und zu löst sich ein erschöpfter Läufer aus dem Feld, fällt auf das nächste Podest und zieht aus der Tasche des eleganten Stadtmantels ein Butterbrot, das er hastig verzehrt.« Ich muß gestehen, daß ich das nicht bemerkt hatte. Ich sehe, außer schönen Frauen, nie Menschen an, sie interessieren mich nicht. »Schau«, sagte ich, »wie raffiniert die Spiegel versetzt sind, ein Spiel mit Wirklichkeit und Illusion, ein ausgeklügeltes System des Verschwindens – wo bin ich, wo bist du? Wir sind von Spiegeln umgeben, und doch sind wir unsichtbar.« Die Spiegelfläche vor uns – das wirkt, wenn man das Funktionsprinzip nicht kennt, gespenstisch – zeigte nicht Cäcilia und mich, sondern eine Gruppe elegant gekleideter Frauen, die einander so natürlich zugeordnet waren, daß ihre Puppenstarre sich erst auf den zweiten Blick offenbarte.

Ich lud sie in eine Cafeteria ein. Sie erzählte mir von ihrer anrüchigen Erbschaft. Ich fand es verwegen, daß sie in die Bronx gefahren war; wenn die Geschichte überhaupt stimmte. »Der Gegensatz zwischen dem Luxus hier und dem Elend dort ist kaum auszuhalten«, sagte Cäcilia. »Und doch liegen dazwischen nur ein paar Dutzend U-Bahn-Stationen. Macht das die Menschen nicht wütend, daß es auf der einen Seite so viel Reichtum gibt, und auf der anderen so viel Armut?« – »In den Millionenstädten, die auch die Vierte Welt genannt werden, weiß man, daß nicht der Reichtum das Normale ist, sondern die Armut, nicht das Glück, sondern das Unglück, nicht Gesundheit, sondern Krankheit und Tod. Warum sollte die große Masse den wenigen Ausnahmen von der Regel ihr Glück nicht gönnen? Solange es ein paar gibt, denen es gelingt, den Traum von Ruhm und Reichtum zu verwirklichen, wissen alle, daß es grundsätzlich möglich ist. Wenn du jung bist, nimmst du dir vor, reich und berühmt zu werden wie sie. Wenn du alt bist, und du hast es nicht geschafft, weißt du, daß es an dir lag. Du hast zu viele Fehler gemacht. Nicht Neid wird den Erfolgreichen entgegengebracht, sondern Verehrung. Sie sind die Ikonen des Kapitalismus.« Als ob ich mir selbst ein Stichwort gegeben hätte, wurde ich unruhig. Daß es Frauen immer wieder gelingt, Männer von ihrer Aufgabe abzuhalten. Erfolglos bin ich zwar nicht, aber längst nicht erfolgreich genug. Cäcilias Aufmerksamkeit zwang mich, weiterzusprechen. »Die schönen Dinge, die es nur deshalb gibt, weil die Reichen sie kaufen können, werfen ihren Abglanz in die Augen auch des Allerärmsten. Was wäre die Fifth Avenue ohne die Diamanten, die Pelze, die Modellkleider in ihren Fenstern? Sie sind für Mrs. Rockefeller, Mrs. Trump, Mrs. Taylor – aber was man am Hals trägt, kann man selbst nicht sehen. Der Rest der Menschheit, der pilgert bei Tiffany's vorbei und guckt sich die Augen aus dem Kopf. Nicht die Armen haben diese phantastische Stadt gebaut, sondern die Reichen. Stell dir vor, es gäbe New York nicht – wieviel ärmer wäre die Welt!«

Zum Beweis führte ich sie auf die Aussichtsplattform des World Trade Center, um das insektengleich Sportflugzeuge und Hubschrauber schwirrten. Zu unseren Füßen lag Manhattan übersichtlich wie Nachbars Garten, im Süden ergoß sich der Himmel in die New York Bay, im Westen schoben die Docks ihre langen Finger in den Hudson, im Norden stapelte sich die Midtown-Skyline, im Osten sprangen die Hängebrücken über nach Brooklyn. Ich zeigte Cäcilia das Motto: *The closest some of us will ever get to heaven.* Das, wörtlich und metaphorisch genommen, gefiel ihr. Ich sah, wie sie sich reckte und umblickte: Sie, Cäcilia, in New York! Da lockte ich sie in eine der gläsernen Nischen, wo man, gesichert von unzerbrechlichem Glas, durch das der Blick vergeblich einen Fixpunkt sucht, unter sich die weit entfernte Stadt schwanken sieht. Ihr wurde sofort schlecht, auf allen vieren kroch sie zurück auf den scheinbar festen Boden aus Stahl. Eine Frau zu meinen Füßen zu sehen festigt meine Potenz. Dieses Mal kam Cäcilia auf ihre Kosten.

Cäcilia

Bens Glied fühlte sich wunderbar an, lang, schlank, voll pulsierendem Leben. Doch wieder stand vor der Lust die Plage. Er mußte mich einem langen, komplizierten Ritual unterwerfen, durch das er sich meiner Gedanken bemächtigte, er brauchte die völlige Kontrolle über mich. Es fing damit an, daß er mich aufforderte, obszöne Wörter zu sagen, ich tat es und lächelte ihn an, was soll dabei sein, das ist ein Kinderspaß, als wir klein waren, riefen wir uns, erschaudernd vor Verwegenheit, solche Wörter zu. Ben lächelte nicht, sein Blick war hart, ich fühlte, daß er mir nicht wohlgesonnen war, das war eine Art von Liebe, die mir etwas antun wollte, nur verstand ich nicht, was. Dann sollte ich ihm etwas von einem anderen Mann erzählen, da war doch aber nur Paul, der gehörte nicht in dieses Bett, also erfand ich eine Geschichte von einem Liebesakt im dunklen Hausflur und stellte mir Ben dabei vor; ich betrog Ben mit Ben. Er war in mir, über mir, sah mich unverwandt an, als ob ich ihm etwas vorenthielte, etwas verheimlichte, aber was? Ich war ihm nah, und er blieb fern und feindlich. Er suchte in mir ein Echo, für das ich keine Stimme hatte, eine Komplizenschaft, für die mir die Schuld fehlte, etwas Dunkles, das einem Dunklen in ihm entspräche. Und doch waren das alles nur Worte, die einen Liebesakt begleiteten, dessen Konventionalität jeden Voyeur gelangweilt hätte. Was Ben von mir verlangte, war die Hingabe meiner Gedanken. Sein Mund an meinem Ohr flüsterte mir Bilder zu, die ich mir vorstellen sollte: ein zweiter Mann ... eine andere Frau ... viele Männer ... Aber ich wollte mit ihm allein bleiben, ich hatte nur ihn im Kopf, meine Haut, meine Hände, mein Mund, mein Bauch waren nur für ihn da ... Und dann. »Jetzt müssen wir ehrlich sein!« rief er, wieso erst jetzt? dachte ich, da nannte er mich bei diesem neuen Namen, Baby, und es war anders als mit Paul, aber auch anders als in jener Nacht im lichtfleckigen Motelbett, und wir hoben ab und flogen davon und durchquerten Räume und umrundeten Planeten und sanken schwerelos. Und es gibt keine anderen Wörter dafür. Überhaupt keine Wörter.

Wir kamen von weit her; von außer uns. Ben hatte mich fortgetragen, ich hatte Ben fortgetragen. Ohne Angst, daß der Rückweg versperrt sein könnte, hatten wir uns losgelassen und einander im freien Fall nicht verloren, wir waren gemeinsam zurückgekehrt und nichts würde uns je wieder trennen. Ben war, wie ich, die ich mit mir eins war wie nie zuvor, auch mit sich ein Fleisch, ein Herzschlag, ein Atmen. Weil Ben ich war, war Ben wie ich, ich liebte ihn, also war er mit in der Liebe, meine Seele war wie frisch gebadet und er war mit-gereinigt, mit-geläutert, die unbegreiflich böse Absicht war von ihm abgefallen wie etwas Fremdes. Er küßte mich, er war der zärtlichste Mann der Welt. »Du machst mich glücklich«, sagte er. Da war der Name: Baby Blue. Nicht mit einem Gedanken hielt ich es für möglich, je wieder ohne ihn zu sein. Ich war dessen so sicher, daß ich ungeduldig wurde nach mehr Bequemlichkeit. »Warte noch«, bat er. Noch amalgamierten unsere Körper über Feuchtigkeit und intensive Gerüche, und ich fürchtete nicht den Entzug seiner Haut, da die Symbiose ja weiter bestehen würde. Und wenn je eine Entfernung einträte, würden wir uns in der nächsten Umarmung wiederfinden und das fort und fort bis ans Ende unserer Tage. Ich konnte mir nicht vorstellen, daß dieses Wunderbarste, das mir je widerfahren war, von Ben nicht genauso wiederholt werden wollte, unbegrenzt. Doch da war schon die erste Störung: Wovor schämte er sich? Ich suchte die Antwort in mir, die ich eben noch Ben war, nun aber schon ein wenig abgelöst und nicht mehr so sicher im Verstehen: Er drückte die Wasserspülung, damit ich das Plätschern des Strahls im Klosettbecken nicht hörte.

Weder meine sich selbst überlassene Haut noch das Wasser aus der Dusche noch meine Kleider grenzten mich gegen Ben ab, ich blieb so eng mit ihm verbunden, daß ich glaubte, er atme für mich, er gehe als mein Double den verschatteten Korridor entlang, er sehe die unheimlich stürzenden Linien mit meinen Augen, doch das grelle rote EXIT über der Tür zum Treppenhaus erschreckte mich so, daß ich im Lift am ganzen Körper zitterte, was er verwundert registrierte. Beim Gang durch die von Klaviermusik sentimental getönte Halle ließ er meine Hand los und entfremdete sich mir, er ging wie Moses, vor dem das Meer sich zu einer Gasse teilt, »schau!« sagte er und nickte mit dem Kinn in Richtung auf eine anmutige junge Frau, die im Eingang wartete: »Wie schön!« Das traf mich ins Mark, nicht als Eifersucht, sondern als Vorahnung, Ben zu verlieren. Ihn bereits verloren zu haben. Jenseits der Drehtür, auf dem breiten Bürgersteig, wo zwei gegenläufige Menschenströme eine schnelle Richtungsentscheidung erzwangen, stellte ich mir vor, er würde einen Schritt nach vorn tun – er wäre, davongetragen von der Menge, innerhalb von Sekunden verschwunden, und ich würde ihn nie wiedersehen.

Ich erklärte mich für hysterisch: Ben war ja da. Er ging an meiner Seite. Zum Luxus der weichen Teppiche, kühlen Marmorwände und künstlich grünenden Rabatten verkörperte die U-Bahn-Station wenige Schritte daneben eine infernalische Gegenwelt, den schmutzigen, stinkenden Untergrund. Die Fünf-Uhr-Tee-Melodie aus der Hotelhalle verfolgte uns in die gekachelte Röhre und schien dabei das Instrument zu wechseln, erst auf der Rolltreppe zum Bahnsteig wurde gewiß, daß dort unten das Saxophon eines Schwarzen in Jeans und Hut das Motiv übernommen hatte: Trauer und Trost und Vergangenheit und Zukunft und alles, was ist, wie es ist. Ben packte mich hart am Arm: »Wo willst du hin?« In der Tat war ich dabei, in den falschen Zug zu steigen. Der Zauber des Saxophons hatte ihn nicht berührt, er war von mir entflochten. Er mißbilligte, was er eigentlich hätte verstehen müssen, mein Verlorensein. Mein in Zukunft immerwährendes Verlorensein ohne ihn. In der U-Bahn unternahm ich einen letzten Versuch, ihn aufzuhalten, ich legte ihm die Hand auf die Schulter und flüsterte *»I love you«* in sein Ohr. Das Rütteln des Zuges warf uns aneinander und auseinander, während wir die Frau auf der Bank gegenüber anstarrten, eine schwarze Mummy wie ersehnt von den Geschöpfen kühler weißer Mütter, flankiert von zwei Kindern, deren wollige Köpfe sie auf ihre Schenkel gebettet hatte und schützend mit ihren Händen bedeckte. Breitbeinig saß sie, die Bewegung des Zuges mit ihrem schweren Körper abfangend, so daß die Kinder ganz ruhig lagen und aus ihren dunklen Augen durch uns hindurchblickten. Wir glaubten ihnen die Unverwundbarkeit.

Plötzlich sagte Ben: »Liebe ist die härteste Sache der Welt – Baby Blue.« Es klang wie eine Drohung. Was blieb mir anderes übrig, als sie zu überhören? An der Station Clark Street suchten wir den Aufgang zur

Brooklyn Bridge. »Ich zeige dir jetzt die schönste Stelle von New York«, verkündete er. Über den hölzernen Fußgängersteg wanderten wir auf Manhattan zu. Die Dämmerung stach aus dem Netzwerk der Hängebrücke weißgerahmte Rauten von erblassendem Blau. Unter uns donnerte der Verkehr wie ein Wasserfall, vor uns stieg, wie eine Gebirgswand aus der Ebene, das Massiv der Wolkenkratzer empor, je näher wir kamen, desto höher wuchs es, öffnete Schluchten und Schneisen zwischen gestaffelten Türmen. Gegen den Überfall der Nacht setzte sich das Panorama mit Tausenden von Lichtern zur Wehr. »Siehst du«, sagte Ben, »das ist die Kulisse für ein Weltspektakel. Für Götter. Oder sogar Gott. Diese Stadtlandschaft, die doch von Menschen erbaut worden ist, von Architekten, von Ingenieuren, von schwindelfrei über die Gerüste balancierenden Indianern, hat so gar nichts Menschliches an sich, sie ist wie ein Stück künstlich geschaffene Natur, wo das Leben an den Rand rückt.« Er verstummte. Er war da und nicht da. Jeder für sich, waren wir in einen Dialog eingetreten, der nicht mitteilbar war. Auf Brooklyn Bridge war ich allein mit der Stadt, wie man in der Wüste mit dem Himmel allein ist, oder auf dem Meer mit dem Wasser.

Paul

Ich fühle mich wie ein Hindernis von kosmischer Dimension in der Umlaufbahn der Elementarteilchen von Manhattan, sie stauen sich vor und hinter mir, stoßen aneinander, erzeugen Reibung – das mehrfach mir zugeraunte *fucking tourist!* müßte mich beleidigen, wäre ich nicht ganz woanders. In einem Alptraum. Ach, wenn nur ich es wäre, der weiß ... Doch der Mitwisser sind einige, zumindest Jonathan, sicher auch diese blonde Frau, und wer noch alles. Vor halb New York stehe ich, Paul d'Anton, als Esel und gehörnter Ehemann da, man braucht mir nur ins Gesicht zu blicken, um meine Schmach zu erfahren, meine Stirn ist ein Transparent, auf dem geschrieben steht: Meine Frau hat mich betrogen. Ersparen Sie mir die Einzelheiten. Gehen Sie nach Hause, umarmen Sie Ihre Sie liebende Gattin, stecken Sie den Kopf in den Sand. Glauben Sie ja nicht, daß Ihnen das nicht auch passieren kann. Wenn jemand unschuldig war, dann Cäcilia. Schließlich war ich es, der sie – nun, »defloriert« klingt sehr klinisch, jedenfalls war ich der erste Mann, mit dem sie geschlafen hat, das weiß ich mit absoluter Sicherheit, deswegen konnte ich auch meiner Mutter gegenüber immer für sie einstehen. Der verräterische dunkle Fleck auf einem (ausgerechnet!) lachsrosa Quadrat war auch nach mehrfacher Reinigung noch zu erkennen. Wenn ich die Augen schließe, sehe ich diese abscheuliche, nach Bratkartoffeln riechende Fleckerldecke deutlich vor mir, besonders die Stelle, auf die mein Gesicht zu liegen kam, als es passiert war, ein Schweißtropfen fiel von meiner Stirn auf ein Viereck aus dunkelgrünem Moiré, und über das Schottenmuster daneben ringelte sich eine Strähne von Cäcilias Haar. Das Tropfen des Wasserhahns. Das Kratzen der Taubenfüße auf dem Dach. Eine Art Maunzen an meinem Ohr.

Und nun Zweifel an allem. Ist es überhaupt sicher, daß ich der Erste war? Eine Frau kann einen Mann auch in dieser Hinsicht betrügen, mit Tomatensaft oder sonst einer roten Flüssigkeit. Es hilft mir nichts, daß Kant – oder wer immer – in meinem Kopf Kriterien verankert hat, die mich zur Ordnung rufen; wo keine Moral ist, wird Feinsinn überflüssig. Es ist die rohe Wirklichkeit, mit der ich es hier zu tun habe, und die ist mir so fremd, als blickte ich im Tiefschlaf von einer kilometerhohen Klippe in den Malstrom, in das saugende Zentrum des schlammigen Strudels. Noch nie ist ein Mann so betrogen worden. Niemals zuvor hat sich einer derart hintergehen lassen. Nacht für Nacht teilte sie, Cäcilia, diese Schlange, nach Creme und Zahnpasta riechend, das Laken mit mir, obwohl sie aus den Armen eines anderen Mannes kam. Und vor einer Stunde hätte ich noch meine Hand für sie ins Feuer gelegt. »Ich kenne doch Cäcilia – !« Was für eine Täuschung.

Da stehe ich, Hemmklotz im Passantenfluß, hilflos wie ein Kind. Eine Bemerkung von Elisabeth fällt mir ein: »Das Mädchen mag ja untadelig sein, aber Armut, das ist doch auch ein Mangel an Lebensstil – !« Der letzte Einwand meiner Mutter, den ich lächelnd zerstreut hatte. In dieser meiner privatesten Angelegenheit wollte ich ihr kein Votum einräumen. Ich war schließlich erwachsen. Ein Mann, der nicht herumspielt. Irgendwie hatte ich es als beruhigend empfunden, daß ich Cäcilia gegenüber der Gebende war. Wenn ich sie mir erzog, dann nicht aus einem Pygmalionkomplex, sondern weil ich als leidenschaftlicher Pädagoge, zeitkonform überzeugt von der Bildungsfähigkeit des Menschengeschlechts, gar nicht anders konnte. Ich war genausowenig ein Higgins wie Cäcilia eine Doolittle war, zumal ich sie nicht auf der Straße aufgelesen habe, sondern in der Mensa, wo sie wie ich kurz vor Torschluß zu essen pflegte, um dem Massenandrang zu entgehen. Sie nahm immer nur Suppe und Pudding, das hatte ich mir ein paar Tage mit angesehen, dann machte ich sie darauf aufmerksam, daß sie Eiweiß und Vitamine bräuchte, wenn sie dem Leistungsdruck an der Universität standhalten wollte. Als ich sie zum Essen einlud, lehnte sie ab; das imponierte mir. Dann verlor ich sie aus den Augen; anscheinend ging sie mir aus dem Weg. Doch im nächsten Semester saß sie in meinem Hauptseminar und ich ertappte mich dabei, daß ich witzig zu sein versuchte, weil ihr Lachen so etwas Dankbares hatte. Den Heiratsantrag hatte ich in mein Dienstzimmer verlegt, wo zwischen mir und der unberechenbaren Studentenschaft das Bollwerk meines Schreibtischs aufgerichtet war. Ich erinnere mich an den Aufruhr, in den ich geriet, als es heraus war und sie nicht antwortete; daß sie Nein sagen könnte, diese Möglichkeit, dessen wurde ich mir plötzlich bewußt, hatte ich nicht einkalkuliert. Ein Bruchteile-von-Sekunden-Drama, ein Angststurm, daß mir schwarz vor Augen wurde, Cäcilias Stimme von sehr weit weg: »Paul – liebst du mich?« Aber ja, doch, natürlich, selbstverständlich liebte ich sie –! Ich hatte nur versäumt, es ihr mitzuteilen.

Wenn sogar eine behütete, gepflegte, gewärmte, gekleidete, gefütterte, verwöhnte, auf Händen getragene Gattin wie Cäcilia zu einem solchen Verrat fähig ist –

wie muß es dann erst in den Herzen all jener anderen, schlechtgehaltenen, früh verdorbenen Geschöpfe weiblichen Geschlechts aussehen, die ich hin und wieder von weitem bemerke –. Rache. Ich will Rache. Am wütendsten bin ich auf Jonathan, doch den anzufallen, hieße den Boten erschlagen, der unschuldig ist am Inhalt der Botschaft. In der Antike hat man es trotzdem getan, man hat sich am Symbol gerächt, das war jedenfalls besser als ein Aggressionsstau. Cäcilia kann ich nicht zur Rechenschaft ziehen, weil sie verschwunden ist. (Wo wird sie schon sein? Bei ihrem Liebhaber!) Und was diesen Ben S. Kempe betrifft – der Name ist mit einem solch bitteren Schmerz, einer derart grimmigen Eifersucht verbunden, daß er vorläufig beiseite geschoben werden muß. Ich hätte ins Kloster gehen sollen, wie ich es am Ende meiner Schulzeit erwogen hatte. Damals hatte ich, beeinflußt von meiner Umgebung, in der die protestantischen d'Antons ein – wenn auch seit den Glaubenskriegen geachteter – Fremdkörper waren, mit dem Gedanken gespielt, zum Katholizismus zu konvertieren, was allerdings einen radikalen Bruch mit der hugenottischen Tradition meiner Familie bedeutet hätte, die meiner Absicht geschlossen entgegentrat; das Tabu erwies sich als derart widerständig, daß ich, um nicht meiner Wurzeln verlustig zu gehen, nachgab. Im Gegenzug machte ich nicht die Theologie zu meinem Hauptfach, sondern die ja immer ein wenig nach Ketzerei riechende Philosophie. Forschungsschwerpunkt: Aufklärung –!

Das habe ich nun davon. Da stehe ich mitten in THE BIG CITY als ein Hindernis, werde gestoßen, beschimpft, bedroht, und sehne mich nach dem Frieden gotischer Wandelgänge, der Sorglosigkeit des Weltverzichts, der spirituellen Brüderlichkeit einer Ordensgemeinschaft. Hier geht es in der Tat anders zu. Hier werde ich in eindeutig mörderischer Absicht allmählich zur und über die Bordsteinkante gedrängt, in den Bereich einer härteren Materie, mit der ich es dann doch nicht aufnehmen möchte, da reihe ich mich lieber wieder in den *circulus vitiosus* der Menschheit ein, Richtung Hotel. Ein kräftiger Stoß, jemand reißt mir die Pfeifentasche aus der Hand. »Halt!« rufe ich hinter dem Räuber her – Turnschuhe, Jeans, T-Shirt, eine Beschreibung, die auf mindestens zwanzig Personen in meinem Blickfeld paßt – *»Stop! It's only my pipe-bag – !«* Empört wende ich mich an den nächsten Passanten: *»Did you see that – ?«* Der geht einfach weiter, als sei er blind und taub. Alle Augenzeugen haben ihren Weg fortgesetzt, als hätten sie nichts gesehen, nichts gehört. Für andere mag der Verlust einer Pfeifentasche lächerlich sein, aber für mich geht damit der letzte Garant meines Wohlbefindens in den Orkus. Wie sagt man hier? *Forget it – !*

Ben

Die Gartenpforte gibt, als ich sie aufdrücke, den wehklagenden Laut von sich, den ich durch Behutsamkeit vermeiden wollte – nun ist es passiert, und ich fühle mich schuldig. Ich sehe mich mit einem Ölkännchen über das Scharnier gebeugt und frage mich, warum ich diese kleine, kaum eine Minute beanspruchende Reparatur immer wieder vergesse. Dann ärgere ich mich. Das ist Aufgabe des Gärtners. Kann ich denn dafür, daß Mutter es ablehnt, jemanden für den Garten zu engagieren? In der Vorstellung, sie werde es hören, wage ich das Quietschen natürlich nicht noch einmal hervorzurufen und lade neue Schuld auf mich, indem ich das Törchen offen stehen lasse, den Garten, das Haus den zufälligsten Gefahren ausliefernd: streunenden Hunden, Fremden, wer weiß was noch.

Jedesmal wenn ich diese von der Stadt so verschiedene Welt betrete, bedaure ich, daß ich nicht häufiger hier sein kann, denn ihr Zauber verwandelt mich in jemanden, der mir sympathischer ist als meine New Yorker Inkarnation. Karg und weitläufig ist der Garten, elegante Pinien halten sich von den gewöhnlichen Kiefern fern, prunkender Rhododendron drängt sich an Haselnußsträucher und Jasmin. An den Sonnenplätzen spreizen sich Yuccas, Agaven und Aloen in irdenen Trögen; im Windschatten quellen Oleander und Bougainvilleen über die Ränder ihrer Kübel. Und wieder ärgere ich mich, wenn ich daran denke, daß ich sie im Herbst eigenhändig ins Gewächshaus werde schleppen müssen, weil niemand da ist, der mir diese Arbeit abnimmt. Ich sollte ohne Mutters Wissen einen Gärtner anstellen. Aber sie würde es merken. Nichts entgeht ihr, nicht die geringste Kleinigkeit, in ihrem Lehnstuhl. Auch jetzt weiß sie, daß ich unterwegs bin zu ihr. Sie hat meinen Schritt immer erkannt, bevor sie ihn hörte. Als wir noch in Deutschland lebten, und ich in einer weit entfernten Stadt studierte, kam es einer Familienlegende zufolge vor, daß meine Mutter das Gespräch mit einer Handbewegung unterbrach, den Kopf hob und sagte: »Siegfried ist da!«, während alle, die horchten, nur Vogelgezwitscher und das Summen der Hummeln vernahmen, bis – so wird erzählt – tatsächlich die Tür aufsprang und ich vor ihnen stand. Während ich mein Bild in Mutters Augen wie die Sonne aufgehen sah, bemerkte ich wohl die Fluchtbewegung meines Vaters und Lenchens Schwanken zwischen Freude und Eifersucht. Ich versuche, meinen eigenen Schritt mit Mutters Ohren wahrzunehmen, leicht gehe ich, als berührte ich den Boden nicht, schnell, in der Ungeduld, anzukommen, schwebend, ein Bote des Himmels – das Geschenk, das ich überbringe, bin ich selbst.

Der Garten verwildert, seit Mutter im Lehnstuhl lebt. Die Rhododendronbüsche entlang des kiesbestreuten Weges recken die Blütenstände nach mir, dekorieren mein Jackett mit purpurnen Tupfern. Die Rosen in ihren Rabatten stellen sich quer, verhaken sich im Stoff meiner Hose. Der Garten revoltiert wie ein unterdrücktes Volk, seit ihre Hand ihn nicht mehr im Zaum hält. Es gibt eine Stelle, die erinnert mich an unseren Garten in Deutschland. Wo der Weg abzweigt, der um das Haus herum zum Hintereingang führt, zuckt mir der Kinderreflex in die Knie, vom Gehen ins Laufen zu wechseln: Der Ranzen poltert auf die Stufen, die Jacke fliegt auf die Schwelle, die Köchin schimpft – da ist Mutter. Auf der Schulbank habe ich mich nach ihr gesehnt, ich habe mir ihr Lächeln ausgemalt, ihre Arme, die sich ausbreiten, um mich darin zu bergen und zu trösten. Die zurückgebundenen Haare, das feine Profil. Weich und rund öffnen sich ihre Lippen, die Zungenspitze fährt heraus, nimmt ein wenig Sauce vom Löffel auf. Eine steile Falte erscheint zwischen ihren Augenbrauen, sie wirft den Löffel auf die Anrichte und erteilt knappe Befehle: »Salz!« oder »Muskat!« Wie unnahbar sie ist, wie unberührbar. Ein einziges Mal, erinnere ich mich, bin ich in die Küche gestürzt, habe ihre Hüften heftig umfaßt und mein Gesicht in ihren Schoß gedrückt, und sie hat mich weggestoßen wie etwas Fremdes, Ekelhaftes. Noch heute fühle ich, wie ihre Hände meine Gelenke umklammern, ich sehe ihr zorniges Gesicht, und ich schäme mich, ohne zu wissen, warum. Sie faßte sich, lockerte den Griff, drehte meine Handflächen nach oben und sagte ruhig: »Geh dir die Hände waschen, Siegfried!« Ich gehorchte und wusch mir Hände und Arme bis hinauf zu den Ellbogen, ich bürstete mir sogar die Fingernägel. Seither habe ich nie wieder versucht, Mutter zu umarmen.

Als ich ein Kind war, brachte ich Mutters Leid, das über dem Haus hing wie arktischer Winter, nie mit Alexander in Verbindung, dem Bruder, der gestorben war, kurz nachdem ich geboren wurde. Für mich war er nicht mehr als ein Schriftzug auf einem Findling in einem Friedhofsbeet. Zwar nahm mich Mutter oft mit dorthin, und ich durfte an meinen Lieblingsplätzen, unter der Kanzel mit dem Baldachin, auf dem Kiesplatz mit der Trauerweide, lautlos spielen, während sie die blecherne Gießkanne zum Brunnen trug, wo das Poltern des Strahls in ein Plätschern überging, bis sie den Hahn abdrehte, die Kanne zum Findling schleppte und das Wasser durch hundert Löcher auf dem Grab des toten Bruders verteilte, den, wie ich mit Schaudern dachte, so viel Nässe allmählich aufweichen mußte. Schuld an Mutters Schmerz, das stand für mich fest, war Vater, weil er uns allein ließ. Er war im Krieg. Das war einerseits ein Glück, denn ich brauchte Mutter nicht mit ihm zu teilen. Was das bedeutete, davon bekam ich eine Kostprobe, wenn er Heimaturlaub hatte. Mutter sah nur noch ihn. Er sah sowieso nur Mutter. Ich war dann abgemeldet, wie nicht vorhanden, und beneidete Lenchen in ihrem Stubenwagen, die sich die Eltern einfach herbeischrie. Beim Abschied pflegte er eine Hand auf meine Schulter zu legen, mir in die Augen zu sehen und mich zu ermahnen: »Paß auf deine Mutter auf!« Deshalb war es auch ein Unglück, daß Vater im Krieg war. Manchmal beneidete ich die anderen Kinder, die spielen gehen durften, während ich erwachsen sein mußte, Mutters Schutz und Schirm. Ich erinnere mich an das Ährensammeln an einem heißen Spätsommertag. In einem Bach nicht weit von dem Stoppelfeld planschten mit viel Geschrei halbnackte Kinder. Selbstvergessen vor Sehnsucht schaute ich zu ihnen hinüber. Mutter richtete sich auf, strich sich eine schweißverklebte Strähne aus der Stirn und folgte meinem Blick. Dann sah sie mich an, als ob sie mich verstünde und ich erwartete, daß sie sagen würde: »Lauf zu ihnen, Siegfried!« Statt dessen drückte sie seufzend die Faust in ihren schmerzenden Rücken und bückte sich nach der nächsten Ähre. So lernte ich meine Lektion.

Als Vater heimkehrte, in einer abgerissenen Uniform und durchgelaufenen Schuhen, aber unversehrt und heiter, war ich erleichtert. Sein Schritt auf dem Kiesweg, sein Winken, die blitzenden Zähne in dem mageren, sonnenverbrannten Gesicht. Ich stand neben Mutter und sah nicht den Rivalen auf mich zukommen, sondern den Befreier: feierlich, mit einem männlichen Handschlag, würde ich ihm Mutter zurückgeben und mich unverzüglich auf die Suche nach meiner aufgeschobenen Kindheit machen. Dem Händedruck folgte ein kräftiger Griff nach meiner Schulter, ich war in Ehren entlassen und trollte mich taktvoll, als Vater die Mutter umarmte. Doch dann fügte er ihr ein Unrecht zu, vielmehr, dieses lag lange zurück und kam nun heraus, irgend etwas mit einer anderen Frau, das Mutter nicht vergab. Sie zog aus dem Schlafzimmer in die kleine Kammer, wo Alexanders Kinderbett und Spielzeug seiner Auferstehung von den Toten harrten, und ihre Unversöhnlichkeit erstickte alles Leben im Haus. Vergeblich ließ Vater den unbenutzten Bettzwilling im Turnus frisch beziehen, vergeblich büßte er Tag und Nacht hinter seinem Zeichentisch, vergeblich arbeitete er den alten Wohlstand herbei. In jener Zeit versteckte ich mich manchmal im Gebüsch. Ich genoß es, daß Mutter, näher, ferner, meinen Namen rief, mit einer Stimme, die dünn und brüchig war vor Angst. Natürlich fand mich Lenchen, die auf den Ellbogen unter das Blattwerk robbte. »Da ist er!« schrie sie und lächelte mir zu, obwohl ich sie wütend ignorierte. Das dumme Ding glaubte, es sei ein Spiel. »Siegfried – komm da heraus!« bat Mutter. Die Qual in ihrer Stimme. Ich rührte mich nicht, ich wollte den gesprungenen Ton noch einmal hören: »Siegfried. Ich habe dich überall gesucht.«

Sie bangte um mich – ! Immer häufiger mußte ich sie zum Friedhof begleiten. An Alexanders Grab erlebte ich sie ungeschützt, berührbar, dort durfte ich um sie, die bebte wie eine Braut, den Arm legen. Ich verstand, daß sie nicht die Frau meines Vaters war und nicht meine Mutter, sondern die Geliebte des Todes, der für sie den Namen ihres ältesten Sohnes trug. Obwohl noch nicht vierzig, war sie entschlossen, den Rest ihres Lebens im Wartezimmer ihres Meisters zu vergeuden. Um diese Zeit ließ mein Vater in einem Winkel unseres Gartens ein Treibhaus errichten, wo ich auf einer Decke liegend Stunden verbrachte, um das Licht zu beobachten, wie es, mattiert, mutierend, die Scheiben vielfach tönte und sich in der kleinsten Unebenheit farbig brach. Ich träumte von Glas, Marmor und Stahl als den Materialien, die meine Mutter am sichersten vom verführerischen Parfüm des Todes isolieren würden. So war es nur folgerichtig, daß ich Architektur studierte.

Es muß dieser Griff nach dem Schlüssel in der Hosentasche sein, der mich jedes Mal an zu Hause erinnert, obwohl dieses Heim dem Daheim nicht im geringsten ähnelt, hier gibt es keine Freitreppe und kein handgeschmiedetes Türschloß, das nur durch einen eisernen Schlüssel mit kräftigem Schaft und sperrigem Bart zu öffnen war; Männerarbeit. Ich trug das Ungetüm überall, selbst in den Seminaren, wie einen Talisman mit mir herum. An jenem Tag nach Vaters Beerdigung – die Nachricht von seinem Tod hatte mich im Ausland erreicht und ich konnte nicht rechtzeitig zurück sein – fand ich das Haus wie ausgestorben vor, weder hörte ich Mutter meinen Namen rufen noch stand Helene auf dem Treppenabsatz, um mich zu begrüßen. Helene. Nun weiß ich, an wen mich Cäcilia erinnert: an meine unglückliche Schwester. War das der Grund, warum ich so lange gezögert habe, die Postkarte einzuwerfen? Es erging mir, in den Tagen nach unserer Begegnung, seltsam; obwohl ich es ihr verboten hatte, wünschte ich mir, sie riefe an. Mehr als einmal war ich versucht, meine Sekretärin mit der Verbindung zu beauftragen. Gern hätte ich gehört, wie Cäcilia »Ben! Endlich!« ins Telefon schluchzt, hätte mich vielleicht rühren lassen, wäre womöglich dem Impuls gefolgt, zu ihr zu gehen und sie in die Arme zu nehmen und aus ihrem Elend zu erheben und für ihre Treue zu belohnen. Wenn Frauen wüßten, wie wachsweich mich ihre Verzweiflung stimmt, würden sie immerzu weinen und klagen. Und ich käme in Teufels Küche. Kürzlich, spät in der Nacht, als ich allein im Büro war, suchte ich auf dem Vorzimmerschreibtisch und fand tatsächlich den Zettel mit Cäcilias Nummer. Ich wählte, ohne zu überlegen, was ich ihr sagen würde. Sie hob sofort ab, und hätte sie »Ben? Bist du's?« gefragt, hätte ich vielleicht geantwortet. Vielleicht auch nicht. Doch sie sagte nur »hallo?« und noch einmal »hallo?« mit einem ersterbenden Stimmchen. Ganz Baby Blue. Dann legte sie auf. Ich wartete, ob sie zurückruft, sie mußte doch wissen, daß ich das bin, Ben, wer sonst sollte sie mitten in der Nacht anrufen und keinen Ton von sich geben – ! Ich wünschte mir, daß sie mich anriefe und ich ihr glauben könnte, was sie mich in der U-Bahn, vis-à-vis dieser Großen Schwarzen Mutter mit den Kinderköpfen auf den Schenkeln, hatte glauben machen wollen: daß sie mich liebt. Doch das Telefon blieb stumm. Also glaubte ich ihr von Tag zu Tag weniger und warf die Ansichtskarte der Brooklyn Bridge, die ich in der Innentasche meines Jacketts mit mir herumgetragen hatte, in einen Briefkasten.

Ich erinnere mich an die Panik, in die ich damals geriet, als ich Vaters Beerdigung versäumt hatte und in ein totenstilles Haus kam. Spätestens auf der knarrenden Stufe vor dem Treppenabsatz pflegte mich Mutters »Siegfried – bist du's?« zu erreichen. Die Tür zu Vaters Zimmer, das sie jahrzehntelang nicht betreten hatte, war angelehnt, das Zimmer dunkel. Ich schob mich vorsichtig hinein. Gegen die Schraffur der Jalousie zeichnete sich der Lehnstuhl ab, in dem er zu sitzen pflegte – in dem er, kein Zweifel, aufrecht saß. Für einen Moment glaubte ich, Opfer einer Halluzination zu sein, bis ich begriff, daß die Person in Vaters Sessel meine Mutter war. In ihren Augen reflektierte ein Schimmer von Tageslicht. Als ich mich an das Halbdunkel gewöhnt hatte, bemerkte ich, daß sie lächelte, doch nicht in meine Richtung, sondern an mir vorbei. »Ich bin da, Mutter!« sagte ich. Mit dieser raschen Handbewegung, die wie ein Wegwerfen ist, deutete sie auf die Fußbank: Ich sollte mich niedersetzen und still sein. In ihrem Schoß blitzte etwas – das silbergerahmte Foto, das seit der Erwähnung jener fremden Frau von Mutters Nachttisch verschwunden war, geächtet, verstoßen, verbannt. Entsetzt fühlte ich, wie sich in meinem rechten Auge Flüssigkeit zu einer Träne sammelte. Glücklicherweise wurde sie absorbiert und rann in die Nase, ich hätte nicht gewußt, wohin vor Scham, wenn sie mir über die

Wange gerollt wäre, und Mutter hätte sie bemerkt. Ich putzte mir die Nase. Sie seufzte tief. Wieder dieses Lächeln an mir vorbei – ! Als ob jemand hinter mir stünde. Unwillkürlich drehte ich mich um. Da flüsterte sie den Namen meines Vaters. »Mutter – er ist tot!« sagte ich ins Ungewisse, denn weder hatte ich den Leichnam gesehen noch dem Begräbnis beigewohnt. Sie schüttelte den Kopf und hob die rechte Hand, als wollte sie dem Phantom zuwinken. Verrat. Mehr als das: Umwertung aller Werte. Was bislang als böse galt, wurde plötzlich für gut erklärt. Hat sie denn vergessen, was er ihr zugefügt hatte, all diese Weibergeschichten, Aufreißgeschichten, Fickgeschichten, die er dem halbwachsenen Sohn am liebsten nach dem Abendessen erzählte, während die Mutter im Nebenzimmer keineswegs außer Hörweite saß! Ich bin in diesem Punkt freilich nach meinem Vater geraten und lebe zwei Leben – eines, das ich sorgfältig vor Mutter verberge, und ein anderes, das ich für sie inszeniere. Und wieder fällt mir Cäcilia ein, die auf meine dunkle Seite geriet, obwohl sie die helle verdient hätte. Doch früher oder später landen alle Frauen auf der dunklen Seite, auch wenn sie eine Zeitlang für die helle in Betracht gezogen worden waren.

An jenem Tag nach Vaters Beerdigung jedenfalls war Mutter für mich nicht erreichbar. Da ich immer alles, was sie fühlte und dachte, im gleichen Moment verstanden hatte, als ob ich nur körperlich abgenabelt sei, ihre in die Haut des Sohnes geschlüpfte Zwillingsseele, schockierte mich ihre Fremdheit. Konzentriert schaute sie hinüber zur Tür, ich mußte mich zwingen, ihrem

Blick nicht noch einmal zu folgen. Nun stützte sie den Arm auf, als wollte sie sich aus dem Sessel erheben, öffnete die Lippen und rief, wie man jemanden anruft, den man zurückhalten will, den Namen meines Vaters. Mir wurde fast schlecht, ich fiel vor ihr auf die Knie: »Ich bin bei dir – dein Sohn Siegfried!« – »Psst!« machte sie. Ich starrte auf ihre geäderten Hände. Daß ihnen mehr zu trauen ist als den Worten aus ihrem Mund, hatte ich früh gelernt. Oft verweigerten sie, was mündlich schon gewährt worden war. Manchmal unterliefen sie nervös die Contenance der durchgedrückten Schultern, oder sie hingen trostlos herunter, wenn von Pflicht die Rede war. Selten spendeten sie eine ruppige Zärtlichkeit, so eine Art Katzenkopf, Liebkosung oder Strafe, das war nicht immer genau zu unterscheiden. Nun aber glaubte ich diesen Händen nicht, die das Foto umklammerten, auf dem der Vater so jung und jungenhaft aussieht, wie man es nicht für möglich hält von einem Greis – den Händen, die das Bild höher und höher bis an die Lippen meiner Mutter führten, die nie jemanden oder irgend etwas geküßt hat. Ich gestehe, daß mir der Gedanke kam, sie habe den Verstand verloren. Ich sprang auf, lief hinaus, brüllte Helenes Namen durch das Treppenhaus. »Was ist denn!« antwortete meine Schwester hinter ihrer Zimmertür. Schließlich schlurfte sie herbei, in zerknittertem schwarzem Kleid, mit verschwollenen Augen und süßsäuerlichem Atem. Am Alkohol ist sie dann auch zugrunde gegangen. Nach ihrem Tod holte ich Mutter zu mir in die Staaten, wohin ich nach jener im wahren Wortsinn gespenstischen Versöhnungsszene geflüchtet war. Sie legte einen wunderbaren Garten an und machte sich auf ihre alten Tage noch einen Namen als Rosenzüchterin. Doch vor ein paar Wochen hat sie ganz plötzlich die Gartengeräte in den Schuppen geräumt und sich in den Lehnstuhl begeben, Vaters Sessel, das einzige Möbelstück, von dem sie sich bei ihrer Übersiedlung nicht trennen wollte. Sie geht jetzt auf die Neunzig zu, und es sieht so aus, als verliere sie die Lust am Leben, zu der sie erst hier in diesem alten Indianerland gefunden hat, wo die Vergangenheit andere Landmarken setzt als in Europa: seltsam geformte Steine, eigenwillige Wurzeln, undeutbare Zeichen. Der Gedanke, daß sie sterben könnte, steht mir schwarz vor Augen. Wieder fällt mir Cäcilia ein – wäre es nicht möglich, mit ihr in diesem Haus in ähnlich ruhiger Vertrautheit zu leben wie mit meiner Mutter? – Zu spät.

Zu spät ... Warum ist es so still? Mutter hat nicht gehört, wie ich den flachen, kleinen Sicherheitsschlüssel in das angeblich einbruchssichere Stahlschloß schob, sie hörte mich nicht durch die unteren Zimmer gehen, wo ich ihren Lehnstuhl leer fand, sie tritt auch nicht auf die Galerie heraus, als ich die Treppe zum Obergeschoß hinaufsteige – vielmehr – renne, denn mich hat Panik erfaßt. Noch bevor ich oben angekommen bin, weiß ich: Sie ist tot. Sie ist ermordet worden, erstochen, erschlagen, weil jemand die Gartenpforte nicht verriegelt hat. Oder sie ist einfach umgefallen, Herzschlag, Gehirnschlag, und liegt nun je nachdem starr ausgestreckt oder embryonal gekrümmt in einer Lache von Blut und/oder Erbrochenem auf dem Teppich. Mir bricht der Schweiß aus, meine Hände werden feucht. Während ich in vier, fünf Sätzen die Galerie überquere und mir in Zeitlupenoptik dabei zusehe: wie Fersen, dann Fußspitzen sich vom Boden heben, wie Knie gebogen, Unterschenkel abgewinkelt werden, wie für einen schwebenden Moment lang beide Beine ein elegantes Dreieck bilden, frage ich mich, ob etwas geraubt worden ist, das Tafelsilber, oder der Schmuck. Ich habe meine Mutter geliebt, stelle ich fest, ich war ein guter Sohn. Der beste. Als ich die Klinke niederdrücke, habe ich vorweggenommen und hinter mich gebracht: die kriminalistische Untersuchung; die Totenwache bei brennenden Kerzen, zugezogenen Vorhängen, Atemnot; den Choral in der Kapelle und den Zug zum Grab, das Schäufelchen Erde und die nicht endende Reihe der kondolierenden Hände. Im schwarzen Anzug (schwarz steht mir nicht, ich sehe darin aus wie ein Konfirmand): ich, Ben-Siegfried, Sohn der Söhne, Lebensstütze, Mutters Ein und Alles – endlich frei. Als erstes würde ich Cäcilia anrufen und sie bitten, die dumme Postkarte wegzuwerfen.

Mutter liegt zugedeckt mit leichter Wolle auf ihrer Ottomane und atmet tief und gleichmäßig. Ich setze mich auf den Hocker daneben und betrachte sie: ihre in viele kleine Falten geknitterte Haut, die aus dem Knoten gelösten weißen Haarsträhnen. Wie schön sie ist. Wie froh ich bin, daß sie lebt.

Cäcilia

Anfangs hat mir das Warten nichts ausgemacht. Bei Sonnenuntergang habe ich mich ans Fenster gesetzt, um die Wolkenkratzer von Midtown-Manhattan zu beobachten, die allabendlich gegen den violetten Himmel ein Lichtspiel entfachen – die funkelnde Christbaumspitze des Chrysler, die schimmernde Pickelhaube des Empire State, der schäumende Lichterfall des abgeschrägten Pan Am. Bens Abwesenheit bewirkte, daß ich New York verfiel. Im Dunkeln ist die Stadt flach wie ein mit Glühbirnchen bestecktes Panorama. Wenn es gegen Morgen dämmert, gewinnt die Architektur ihre gestaffelte Tiefe zurück. Zuerst erwachen die Schornsteine, im Sekundentakt stoßen sie dicke, schwarze Rauchwolken aus, die sich blitzschnell auflösen. Die Fassaden der gegenüberliegenden Häuser sind wie kariertes Papier: Unter lauter dunklen Rechtecken wird eines plötzlich hell, an einem anderen geht die Jalousie hoch. Zwei Frauen in hellen Hemden treten gleichzeitig auf zwei übereinanderliegende von vielen hundert Balkons – ein Zufall. Der kleine Straßenausschnitt tief unten belebt sich in der Größenordnung des Landes Liliput: Mann mit Hund; Mann mit Zeitung; Mann in weißer Schürze, den Gehweg vor einem Restaurant fegend; Mann, über die Kreuzung joggend. Ich saß an meinem Fenster wie auf einem himmlischen Ausguck und genoß das Gefühl, das ganze Leben da unten existiere nur für mich. Als das Warten sich dehnte, habe ich allmählich vergessen, was Schlaf ist. So weit ich mich erinnere, ist das eine ganz einfache Sache – man dreht sich zur Seite, zieht die Knie unters Kinn und kommt erst wieder zu sich, wenn der Wecker klingelt. Bis in alle Einzelheiten imitiere ich das Zubettgehen daheim, Waschen und Zähneputzen, Eincremen und Haarebürsten, und wenn ich dann in das kühle, frischbezogene Bett schlüpfe, bilde ich mir ein, daß der Bann gebrochen ist und ich gleich vergessen haben werde, daß ich hier bin, daß ich allein bin, daß ich Baby Blue bin – voll verzweifelter Sehnsucht nach Ben. Doch kaum habe ich das Licht ausgemacht, bin ich hellwach, Herzklopfen zerreißt mir den Hals, in meinem Kopf dreht sich ein Bild-Ton-Fetzenkarussell.

In der Nacht, bevor die Postkarte kam, träumte ich von Ben. Das heißt, ich muß doch eingeschlafen sein, gewiß nicht länger als einen Augenblick; das Traumbewußtsein arbeitet angeblich sehr schnell. Ich sah Ben, etwas erhöht, im Gegenlicht, von einem Strahlenkranz umgeben wie ein Engel. In einem vergoldeten Regiestuhl mit Löwenköpfen sitzend gab er Anweisung, die Lehm- und Fachwerkbauten in der Mitte der Stadt niederzureißen. Die Arbeiter zogen Uniformen an und sprengten die Häuser mit Dynamit, sie gingen mit Flammenwerfern herum und verbrannten die Kirchen. Die Bewohner zogen als Flüchtlingstreck mit ihren Leiterwagen an Ben vorbei zum Stadtrand. Er betrachtete sie gleichgültig, verwundert über die haßerfüllten Blicke, die ihn trafen. »Verstehen diese Menschen denn nicht, daß es eine große Sache ist, der sie ihr geringes Opfer bringen dürfen?« fragte er mich. »In Jahrhunderten noch, wenn sich ihrer längst niemand mehr erinnert, wird die Kathedrale Zeugnis für ihre Zeitgenossenschaft ablegen.« Als nächstes ließ er eine Grube ausheben, groß genug, um die Kathedrale darin zu versenken, und es war seltsam, wie still es wurde, als ob die Tausende dort unten ihr eigenes Grab schaufelten. Der Schutt wuchs zu einem hohen Berg heran, auf den stieg Ben, um mit Gott zu sprechen. »Mein Werk erhöht deine Ehre«, sagte Ben. Gott hatte Pauls ein wenig nörgelnde Stimme: »Könnt ihr denn nicht aufbauen, ohne zu zerstören? Deine Arbeiter haben den Körper der Erde mit ihren Spaten ausgenagt wie die Ratten. Ihre Äxte haben die Stämme der Bäume von ihren Wurzeln getrennt, ihre Messer haben sie entrindet, ihre Sägen zerschnitten. Das Loch, auf dessen schlammigem Grund deine Arbeiter den Kies verteilen, ist ein Massengrab. Generationen werden an deiner Kathedrale zugrunde gehen.« Ben zuckte die Schultern: »Wo gehobelt wird, fallen Späne.« Da verhüllte Paul sein Haupt wie Gott in der Kinderbibel. »Verstehst du, Baby Blue«, sagte Ben, »die Kathedrale wird mich unsterblich machen.« Mit dem Finger skizzierte er die Umrisse der Doppeltürme gegen den roten Himmel. »Auf den Fundamenten, die ich lege, nehmen meine Pläne Stein um Stein Gestalt an. Meine Söhne und Enkel werden meine Entwürfe studieren und keinen Deut davon abweichen, bis jeden Bogen eine Rosette krönt und jede Rinne in einem Wasserspeier endet. Das ist die Aufgabe, für die ich geboren wurde. Du mußt einsehen, daß ich keine Zeit für die Liebe habe.« Ich wachte auf mit dem Gedanken, etwas Wichtiges verstanden zu haben, aber was? – Mit dem Frühstück kam die Postkarte: Eine Ansicht von Brooklyn Bridge – und auf der Rückseite in Bens gotisch steiler Handschrift: »Für Baby Blue. Zum Andenken an die schöne, böse Stadt New York. Danke für alles. B.«

In diesen Tagen und Nächten, die ununterscheidbar waren, denn ich lag im Dunkeln, sprach ich viel mit Karla. Gegen die Zwangsvorstellung, ich müsse sofort auf einen Wolkenkratzer steigen und mich hinunterwerfen, hatten die Tabletten geholfen, die ich in meinem Waschbeutel fand. Ich hatte sie für den Fall mitgenommen, daß dieser Zustand, in den ich nach Karlas Tod und Bens erstem Verschwinden geraten war, wiederkehrte; nun war es soweit. Sie verdünnten die explosive Materie in meinen Adern, die nicht nur mich, sondern die ganze Welt gefährdete, da ich sie mit in den Untergang gerissen hätte, wäre eine Zündung erfolgt. In einem dieser leeren, dämmrigen Momente tauchte Karla auf, sie saß plötzlich neben meinem Bett, und ich war froh darüber, denn nun konnte ich sie fragen, wie ich Ben, der sich von seiner Sekretärin verleugnen ließ, dennoch stellen könnte. Er hatte irgendwann erwähnt, was ich gleich wieder vergessen hatte, aber nun brachte mich Karla darauf: daß seine Mutter in Hartford lebte, nur zwei Autostunden von Manhattan entfernt. Ich nahm, als die Wirkung des Medikaments nachließ, nicht gleich die nächste Tablette, sondern ließ die Wut in mir wachsen, bis sie ausreichte, um den Hörer in die Hand abzuheben und die Zentrale anzurufen.

Die Telefonistin fand die Nummer tatsächlich heraus. Es antwortete die Stimme einer älteren Frau mit unverkennbar deutschem Akzent. »Sorry«, sagte ich, als hätte ich mich verwählt. Auf keinen Fall sollte Ben gewarnt werden. Er sollte sich in der Gewißheit wiegen, daß ich mit gebrochenem Herzen nach Deutschland zurückgekehrt sei. Plötzlich würde ich vor ihm stehen und ihn um sein Leben winseln lassen, ehe ich eiskalt den Abzug durchdrückte. Auch das war Karlas Idee: Chico um die Besorgung einer Pistole zu bitten. Genau in dem Moment, als ich mich damit beschäftigte, wie ich Rose erreichen könnte, rief sie an; die Dinge fügten sich wie von selbst. Sie habe mir etwas mitzuteilen, sagte Rose. »Ich Ihnen auch«, erwiderte ich. Rose wollte zu mir ins Hotel kommen, aber Karla schüttelte den Kopf. Also verabredete ich mich mit ihr in einem Drugstore am Times Square. Auf diese Begegnung bereitete ich mich sorgfältig vor, schwemmte die dämpfende Chemie mit Mineralwasser aus meinen Zellen und ging zum Hotelfriseur, wo ich mich frisieren und schminken ließ, bis ich der, die ich gewesen war, wieder halbwegs ähnlich sah. Dabei muß der Visagistin ein Irrtum unterlaufen sein. Rose erkannte mich nicht, sie ging an mir vorbei wie an einer Fremden, ich war gezwungen, aufzustehen und sie an meinen Tisch zu holen.

»Was ist passiert, Kindchen?« fragte sie. »Du siehst zwanzig Jahre älter aus.« Rose, von den Stöckelschuhen bis zu den Stoffrosen an ihrem Plastikhut eine Rhapsodie in Pink, zog die Blicke auf sich und mich. »Es ist in der Tat etwas passiert«, antwortete ich, aber bevor ich auf meine Sache zu sprechen kam, wollte ich erst die ihre erfahren. Nun druckste sie herum – es sei ihr eingefallen, daß sie noch etwas von Karla in Verwahrung habe, einen Karton mit Briefen und Fotos, die wolle sie mir gern zeigen. »Wieviel?« fragte ich ohne Umschweife. Das sei nicht der Punkt, stotterte sie, ich müsse selbst sehen und entscheiden, was mir diese Dinge wert seien. Aber ich möchte doch bitte Bargeld mitbringen, ein paar hundert Dollar mindestens. Daß Karla schon wieder aus dem Nichts auftauchte, irritierte mich, obwohl mir klar war, daß sie mir zu Hilfe kam; glücklicherweise blieb sie für Rose unsichtbar, und für die Kellnerin wohl auch, denn diese machte keine Anstalten, eine Bestellung aufzunehmen. Karla also schüttelte mißbilligend den Kopf. »Rose«, sagte ich, und diesmal nickte Karla einverständig, »ich brauche eine Pistole. Chico soll mir eine beschaffen, mit sechs Schuß Munition. Ich biete ihm zweihundert Dollar dafür, in bar. Treffpunkt ist dieser Drugstore. Rufen Sie mich an, wenn er die Waffe hat. Danach sehe ich mir Karlas Karton an.« Rose musterte mich, als sollte der Showdown zwischen ihr und mir stattfinden. Erst jetzt fiel mir auf, wie hart ihre Augen waren, puppenblaue, von schwarzen Krakeln eingerahmte Pupillen, umgeben von einer Haut weiß und schrumpelig wie gekochte Milch. »Du lernst schnell, Kindchen. Wenn man bedenkt, wo du herkommst. Ihr Deutschen seid normalerweise naiver als die Farmerkinder aus dem Mittelwesten, die den Babystrich bevölkern. Ich sehe dir an, daß du Bekanntschaft mit dem Gesetz der Stadt gemacht hast. Was war es? Raub? Schläge? Vergewaltigung? Nun willst du Rache, nicht wahr? Den Schmutz mit Blut von deiner Seele waschen. Du wirst, das prophezeie ich dir, alles hinnehmen müssen, so schwer es dir fällt, du bist kein Profi in diesem Schlagabtausch. Den Opfern entkommen die Täter immer.« – »Besorgen Sie mir die Pistole«, sagte ich. »Okay, okay. Fünfzig für mich?« – »Zwanzig.« Ich schob ihr zehn Dollar »als Anzahlung« hin und war überrascht von der Hast, mit der sie danach griff. So wenig Geld. So viel Gier. Sie stand zuerst auf. Leider hatte Karla von der Freiheit der Geister Gebrauch gemacht und war ohne Abschied verblaßt. Was werde ich empfinden, wenn ich Ben erschieße – werde ich überhaupt etwas empfinden? Nicht das ist die Wahl: er oder ich. Ich bin keine Alternative mehr, bin nur noch scheinlebendig, ein Zombie, der mit Gespenstern intim ist. Vielleicht werde ich, die ich leer bin, apathisch, nichts achtend, in jenem Moment, in dem ich einem anderen das Leben nehme, wiedergeboren.

Paul

Wie lästig diese gute Erziehung ist. Nicht einmal richtig betrinken kann ich mich; ich habe es versucht. Sobald mein Gehirn den bevorstehenden Kontrollverlust anzeigt, muß ich aufhören, ob ich will oder nicht. Dafür rauche ich eine Zigarette nach der anderen, und rasiert habe ich mich auch nicht, nicht einmal das Hemd gewechselt, geschweige denn geduscht. Ich rede mir ein, wenn Cäcilia vor mir stünde, würde ich sie schlagen. Erniedrigen und demütigen würde ich sie, wie sie sich selbst erniedrigt und gedemütigt hat, und damit auch mich. Doch Gewalttätigeres als diese Verben sondert meine Phantasie nicht ab, eine Frau anzurühren ist mir völlig unausdenkbar, obwohl ich gern einmal ausprobieren würde, ob sich zu vergessen tatsächlich so viel Erleichterung bringt, wie man sagt. Ich stecke zur Zeit so tief im Bodensatz der Realität, daß mein Stammhirn gegen die Großhirnrinde putscht; ein ernster Vorgang. Wut und Verzweiflung bedürfen, damit sie den Wütenden und Verzweifelten nicht zugrunde richten, eines Ventils, deswegen trainiere ich mir den Amokimpuls ab, indem ich, angetan mit den Sneakers, Block um Block durch die Straßen von Manhattan laufe, bis ich so erschöpft bin, daß ich weder anderen noch mir selbst länger gefährlich werden kann. Dann pfeife ich mir ein Taxi heran und lasse mich in mein Hotel fahren, wo ich in bleiernen Schlaf falle. Obwohl ich Stunden unterwegs war, erinnere ich mich nur, daß der Himmel wie ein schlampig zugeschnittener grauer Lappen über den Straßenschluchten hing.

Ein einziges Mal klickte in meinem Gedächtnis etwas ein. Noch einmal, langsamer: ein Kino. Ein Plakat mit dem Gesicht eines bekannten amerikanischen Schauspielers. Den Namen kenne ich merkwürdigerweise, obwohl ich nie Filme sehe, und amerikanische schon gar nicht. Christines Stimme. Doch, ich war gewarnt worden. Es muß in der letzten Phase von Karlas Krankheit gewesen sein, da klopfte es und Christine trat in mein Arbeitszimmer, freiwillig, was erstaunlich genug war. Nun hatte ich zwar ein Hühnchen mit ihr zu rupfen, der Auszug von zu Hause war noch lange nicht vergeben, doch war der Zeitpunkt denkbar schlecht gewählt, denn ich war nach Tagen fruchtlosen Grübelns endlich deblockiert, die Folgerungen hatten wieder zu fließen begonnen, ich befand mich in diesem glücklichen Stadium, in dem die Arbeit des Schreibens nur darin besteht, mit dem Tempo der Einfälle Schritt zu halten; jede Unterbrechung würde unwiderbringliche Verluste nach sich ziehen. Also praktizierte ich das während der langweiligen Studentensprechzeiten geübte Kunststück, gleichzeitig jemandem zuzuhören und meine eigenen Gedanken weiterzuspinnen. Christine erzählte ein bißchen von diesem und jenem und erwähnte dann, daß sie gern den aufregenden Begleiter der Mama kennenlernen würde, der aussehe wie jener berühmte amerikanische Schauspieler. »Wohnt er bei euch?« Die Frage machte eine Antwort unumgänglich, ich raffte, was ich trotz Weghörens verstanden hatte, zusammen: »Nicht daß ich wüßte.« Sie trollte sich. Ich fand damals nur, meine noch nicht zwanzigjährige Tochter entwickle ein überbordendes Interesse an Männern. Und nun quäle ich mich auf dem Weg zum Detektivbüro mit der Vorstellung, das Schicksal habe mir rechtzeitig einen Wink gegeben, und ich in meiner dummen Selbstgewißheit hatte ihn ignoriert.

Jonathan sieht mich aufmerksam an: *»Are you okay?«* Er hat sich einen Dreitagebart stehen lassen, was ich als einen Akt der Solidarisierung empfinde, denn auch ich bin, obgleich auf weniger attraktive Weise, unrasiert. »Es geht so«, antworte ich. Beredtes Schweigen, wortlose Kommunikation – nach Männerart, denke ich, drückt Jonathan sein Mitgefühl stumm aus. Der Gehörnte und sein Mitwisser. *What a mess.* Schöne Scheiße. So etwas braucht man gar nicht auszusprechen, es steht im Raum. Ein ganzes Büro in Midtown-Manhattan bis zur Decke angefüllt mit unsichtbarer Scheiße. Die Untreue der Frauen – vermutlich wüßte Jonathan ein Lied davon zu singen, einen Blues, auf der Gitarre begleitet: *Let her go let her go God bless her where ever she may be.* Ich starre lange auf das *No-smoking*-Schild, ohne es wahrzunehmen, mein Blick hält sich an dem Runden fest, er wandert zwischen dem ersten o und dem zweiten o hin und her, etwas ist angenehm an dieser geschlossenen Form, du möchtest hineinkriechen und dich darin ausruhen, sanft gewiegt wie ein Schwimmer im Ozean, ein lustvolles und doch zunehmend beängstigendes Gefühl, als ob ein Sog dich in eine Ohnmacht hineinzöge, wie – ja, wie in den Schoß einer Frau. *She'll never find a man as sweet as me.* Rauchverbot? Nicht für die vom Schicksal Geschlagenen. Ich ziehe ein Päckchen Zigaretten aus der Jackentasche und Jonathan, weit entfernt davon, mich zurechtzuweisen, schnippt mir ein Streichholzbriefchen über den Schreibtisch. Da hocken wir, breitbeinig, die Ellbogen auf die Oberschenkel gestützt, zwei vom Leben gezauste Männer, ungewaschen und zerknittert, als ob es die Spezies Weib gar nicht gäbe – wogegen ich im Moment überhaupt nichts einzuwenden hätte. Eine reine Männerwelt, und alles wäre sehr viel einfacher. Du könntest die ganze Nacht lesen, vor dem Frühstück eine Pfeife rauchen, die Zeitung auf dem Fußboden liegen lassen, deine Lieblingshose an der Reinigung vorbeimogeln und ohne schlechtes Gewissen alles vergessen, was zu merken sich nicht lohnt. Abends würdest du mit einem wie Jonathan an einer Theke lümmeln, über Fußball,

Autos, Frauen reden. Frauen –? Die wären kein Thema mehr, sondern aus dem Mannesleben ausgesperrt und wer weiß wohin verbannt.

Zum erstenmal in meinem Leben suche ich gleichgeschlechtliche Resonanz – nur die Scham des älteren dem jungen Mann gegenüber hält mich von Vertraulichkeiten ab. Jonathan zieht daraus aber den falschen Schluß. »Nichts Neues, leider«, sagt er. »Noch immer wissen wir nicht, wo Ihre Frau sich aufhält. Der Besuch bei Mrs. Rose Webster in der 199. East hat keine weiterführenden Anhaltspunkte ergeben. Mrs. Webster will Mrs. d'Anton zuletzt in einem Drugstore am Times Square getroffen haben. Das stimmt mit dem letzten Tagebucheintrag überein. Mrs. Webster war überrascht, daß wir von dem Deal mit dem Revolver wußten, den sie ebenso leugnete wie die Offerte angeblich nachgelassener Briefe, die wir ehrlich gesagt für eine Falle halten. Die Untersuchung der Wohnung von Karla Johnson blieb ebenfalls ohne brauchbares Resultat.« Als die knabenhafte Blondine eintritt, rekapituliere ich reflexhaft mein vernachlässigtes Äußeres, ich fange an, mich in meinem von Schweiß und Tabakrauch verschärften Männerdunst unwohl zu fühlen. »Haben Sie eine Idee – Velda?« fragt der Detektiv das Mädchen. Velda – ! Also doch ein Romantiker, ein Bücherfreund, ein heimlicher Mike Hammer im einsamen Kampf gegen das Verbrechen. (Kriminalromane habe ich in jenen frühen Jahren leichtfertigen Umgangs mit der Zeit immerhin gelesen.) Jonathan wird mir immer sympathischer. »Gibt's hier irgendwo einen Aschenbecher – Velda?« höre ich mich sagen. Velda läuft, um das gewünschte

Gerät aufzutreiben und bleibt dann so dicht hinter mir stehen, daß ich ihre Wärme im Nacken spüre. Meine Weltabkehr vergessend, hebe ich die Hand, um die ungekämmten Strähnen in irgendeine Form zu streichen und berühre versehentlich Veldas Brust, was mich ziemlich aus der Fassung bringt. »Kann es nicht einfach sein«, frage ich schnell, »daß sie bei ihrem Liebhaber ist?« – »Er hat sie verlassen«, antwortet Jonathan. »Wir haben selbstverständlich Kontakt zu ihm, denn er ist es ja, den sie erschießen will.« Er schaut Velda an, ich schaue Velda an. Sie bewegt die Lippen, als warte sie auf die Erlaubnis, ihrem Boß zu widersprechen. »Velda«, sagt Jonathan schließlich, »hat ihre eigene Theorie.« Sie schiebt die Hände in die Hosentaschen und fixiert einen Punkt vor sich auf dem Boden. »Dieser Chico – für mich ist er die Schlüsselfigur«, sagt sie. »Chico?« frage ich. »Ein Junge, der in der 199. East wohnt. Er ist dreizehn oder vierzehn, eines dieser kriminellen Kinder, die man homies nennt. Er scheint von dem Geld, das er als Crackdealer auf den Schulhöfen verdient, Rose Webster zu ernähren, bei der er offensichtlich lebt. Er ist irgendwie in diese Sache verwickelt. Vielleicht steckt seine Gang dahinter.« – »Er hat sich, das war zu erwarten, nicht blicken lassen, als wir Mrs. Webster aufsuchten«, ergänzt Jonathan. »Wir haben ein Angebot hinterlassen und hoffen, daß er bald anruft. Gegen eine entsprechende Geldsumme wird er vielleicht auspacken. Es steht jedenfalls fest, daß er Ihrer Frau eine 35er Smith & Wesson verkauft hat.«

Ich versuche, mir Cäcilia mit einer Pistole in der Hand vorzustellen und gerate in die vertraute häusliche Szene, wie sie, aus Keller oder Garten kommend, einen Gegenstand aus der umgebundenen Schürze wickelt. Sie wischt die Waffe sorgfältig ab, hält sie mit beiden Händen fest, zielt, drückt ab – ? Kintopp. Ein besonders schlechter Film. Jonathan sieht das nicht so. »Mr. Kempe ist gewarnt und gut bewacht. Beten wir, daß sie nicht nah genug an ihn herankommt.« – »Das Schwein!« bricht es aus mir heraus. Veldas Hand legt sich beschwichtigend auf meine Schulter, doch Jonathan scheint das zu mißbilligen, er zieht die Augenbrauen hoch. »Velda«, sagt er, so wie man ein Thema abschließt, »fährt heute abend noch einmal mit unserem Spezialisten in die Bronx.« Velda geht hinaus. Ein Nachhall von Wärme an der Stelle, wo ihre Hand gelegen hat. *»A pig. Yeah – ?«* Velda wurde aus therapeutischen Gründen weggeschickt: Ich soll mich aussprechen dürfen. Meine Verletztheit ausdrücken. Meine Eifersucht preisgeben. Meinem Haß freien Lauf lassen. Ich, Paul d'Anton, stets vorbildlich selbstbeherrscht, habe einen Mann ein Schwein genannt. *A pig.* Andere englische Schimpfworte fallen mir nicht ein, dafür aber bayerische: Lumpenhund. Wildsau. *Motherfucker.* Das hat Jonathan gesagt. Daß manche Männer nicht ganz sauber sind, das weiß ich noch vom Militärdienst. Die in Kasinowitzen und Schlafstubenzoten detailliert belegte Geringschätzung des weiblichen Geschlechts habe ich mir schließlich damit erklärt, daß es zwei Klassen gibt: Die Geschützten und die Ungeschützten. Die mit Glück und die mit Pech im Leben. Daß Cäcilia zu den Frauen zählt, die man schützen muß, hätte ein Mann wie dieser Kempe doch erkennen müssen. Sie hat ihm vertraut. Sie hat sich, verwirrt durch das endlose Sterben der Tante, einem Wolf im Schafspelz ausgeliefert. Ich weiß doch, wie naiv sie ist. Als ich hinter ihren in Söckchen steckenden Beinen die steile Treppe zu jener Dachkammer hinaufstieg, wo es nach den Bratkartoffeln roch, die sie sich auf einer Kochplatte zum Abendessen zu bereiten pflegte, und ich mir bewußt wurde, was meine Mutter zu dieser Ausdünstung sagen würde, die ich zwangsläufig in meiner eigenen Kleidung mit nach Hause brächte, war ich fest entschlossen, mich nach der höflichkeitsgebotenen Mindestfrist wieder zu verabschieden. Es war ein schwüler Vorfrühlingstag, das sprossende Grün trieb Unruhe in die Nervenenden; durch die geöffnete Dachluke gurrten aufdringlich die Tauben. Mein Durst wurde mir, könnte man sagen, zum Verhängnis, ich akzeptierte den Campari, den Cäcilia mir anbot und mit viel zuwenig Orangensaft mischte. Während ich aus lauter Verlegenheit abwechselnd schluckte und dozierte, geriet ich in eine Art Wehrlosigkeit gegenüber mir selbst, und als sie dann neben mich auf das mit der ominösen Fleckerldecke zur Couch aufgeputzte Bett glitt und sich an mich schmiegte, brannte irgendeine Sicherung durch; jedenfalls kam ich erst wieder zu mir, als etwas Unwiderrufliches geschehen war. Ich hatte keinen Grund, es zu bereuen, denn ich war glücklich mit ihr. Bis vor kurzem.

»Verstehen Sie, warum ein Mann so etwas macht?« Es ist mir peinlich, daß ich, der Ältere, den wesentlich Jüngeren als den Erfahreneren konsultieren muß. »Viele Männer machen so etwas«, antwortet Jonathan.

Mir wird es rot und schwarz vor Augen. Bei Gott, es ist Haß, was ich fühle. Stünde dieser Ben jetzt vor mir, ich wüßte nicht, was ich täte. Das zumindest: daß Cäcilia sich an ihm rächen will, ist für mich nachvollziehbar. Doch abdrücken wird sie nicht. Niemals ist Cäcilia dazu fähig. Ich könne, sage ich, als ob ich einen Gesprächsfaden aufgriffe, meine Frau als Mörderin nun doch nicht wahrnehmen, auch wenn ich zugeben müsse, daß ich ihr nichts von dem, was tatsächlich geschehen sei, zugetraut hätte. Einen Menschen kaltblütig zu töten, das sei schließlich etwas anderes als die Verstrickung in eine Leidenschaft. Es sei denn, klopfe ich auf den Busch, sie habe ganz und gar den Verstand verloren. Dann sei sie aber doch gewiß auch im juristischen Sinne unzurechnungsfähig – ? »Nur in Frankreich«, antwortet Jonathan nicht weniger behutsam, »kennt man das Verbrechen aus Leidenschaft.« Ich frage nicht, ob es im Staat New York die Todesstrafe gibt, auch eine Gefängnisstrafe müßte Cäcilia hier absitzen, jahre- oder jahrzehntelang, ein verpfuschtes Leben, oder vielmehr zwei; meines ja auch. Wieder fühle ich meinen Haß gegen den gewissenlosen Verführer. »Wenn Cäcilia ihn nicht erschießt«, höre ich mich sagen, »werde ich ihn zum Duell fordern.« Jonathan starrt mich verblüfft an: »Das ist hier nicht erlaubt, Sir« (mit sehr scharfem Anlaut-S: Sssir). Gewiß, Jonathan. Sie haben ja recht. Wo kämen wir hin, wenn jeder – ! Und trotzdem.

Cäcilia

Das Gartentor quietschte, als ich es aufdrückte, aber niemand kam. Ich habe mich im Gewächshaus versteckt, wo mir die Zeit so lang wurde, daß mir die Mordlust verging. Ich legte mich auf den sandigen Boden und stellte mir vor, ich sei der Junge Ben. Der Himmel jenseits der schmutzigen Scheiben war grau; wäre er blau gewesen, mit jagenden Wolken und wechselndem Sonneneinfall, hätte sich mir vielleicht jener Zauber irisierenden Lichts mitgeteilt, von dem er gesprochen hatte. Ich aber sah nur die verklumpten Spinnweben zwischen den rostigen Sprossen und fühlte mich gestorben und begraben. Beim Aufstehen fiel der Revolver aus der Tasche meines Regenmantels und rief mir ins Gedächtnis, wozu ich hier war. Er war immer noch in Zeitungspapier gewickelt, so wie Rose ihn mir im Drugstore zugesteckt hatte. Als die Dämmerung kam, stahl ich mich in den Garten, ein wahrhaftiges Paradies, nirgendwo habe ich so wunderbare Rosen gesehen, voll kleiner und kleinster Blütenblätter, der Gärtner muß ein Genie sein. Betäubt von dem Duft, suchte ich den Eingang ins Haus, das wie unbewohnt dalag. Ich hörte einen Wagen halten, die Warnung des Gartentors, Schritte auf dem Kies – Ben. Zusammengekrümmt hinter dem Rhododendron kam ich nicht an die Waffe heran, dann war der richtige Moment für den Racheakt Auge in Auge verpaßt, weil Ben ins Haus gegangen war. Im Wintergarten wurde das Licht angemacht, dorthin kroch ich, die Dunkelheit und den Schutz der Büsche nutzend, nah ans Fenster. Bens Mutter saß in einem altmodischen Lehnstuhl, Ben daneben auf einem Hocker. Sie blieben unbeweglich, wie in verabredeter Meditation. Ihre Ähnlichkeit war frappierend: zwei weißhaarige Löwenköpfe mit vorgewölbter Stirn und starker Unterlippe, um die ein Lächeln spielte – bei beiden. Seltsam alt sah Ben, der mir immer so jungenhaft erschienen war, neben dieser Achtzigjährigen aus. Sie zitterte, als ob ihr kalt wäre. Ben sprang auf, ging fort und kam mit einer Decke zurück, die er der alten Frau liebevoll über die Schulter legte. Sie bedankte sich mit keinem Wort und keiner Geste. Er setzte sich wieder auf den Hocker, kerzengerade zwar, doch schien er müde zu sein, denn er unterdrückte ein Gähnen.

Durch das dünne Glas hindurch bot er ein ideales Ziel, in seiner Erstarrung wäre er gar nicht zu verfehlen gewesen. Ich tastete nach dem Revolver, doch wenn ich jetzt geschossen hätte, wäre es nur geschehen, um zu vollenden, was ich mir vorgenommen hatte, denn seltsamerweise fühlte ich bei seinem Anblick nicht Haß, sondern Mitleid. Ben fielen die Augen zu, er beugte sich nach vorn, stützte die Ellbogen auf die Oberschenkel und barg den Kopf in den Händen. Die Mutter warf ihm einen schnellen Blick zu, und Ben richtete sich, als ob seine Belastbarkeit auf dem Prüfstand stehe, wieder auf. In der Hellsicht, die vom Hunger und von der Schlaflosigkeit der letzten Tage bewirkt sein mochte, erkannte ich Bens Gefangenschaft. Ein an seine Mutter gefesseltes Kind von fünfzig Jahren. Eigentlich, dachte ich, müßte ich die Mutter erschießen. Ödipus ist unschuldig. Wer hat dem Kind die Fersen durchstechen und es im Gebirge aussetzen lassen? Die liebenden Eltern Laios und Jokaste. Wer hat in einem Hohlweg mit seinem pferdebespannten Wagen den Fußgänger rücksichtslos zur Seite gedrängt, so daß dieser von der Wut des Ohnmächtigen auf den Mächtigen überwältigt wurde? König Laios. Wer hat dem Streit die tödliche Dimension gegeben, indem er dem unbekannten Wanderer den Speer über den Schädel zog? Laios. Ödipus kämpfte allein gegen vier, als er seinen Vater tötete – aus Notwehr! Und Jokaste, ist sie etwa schuldlos? Doch nur, wenn man Frauen für Gegenstände männlicher Entscheidung hält: Kaum verwitwet, holt sie sich den jungen Mann ins Bett. Zahllos dürften die Fälle abhanden gekommener Gatten sein, deren Söhne von den Müttern zum Ersatzmann herangezogen wurden, besonders nach verlustreichen Kriegen. Selbst wenn die Mütter keusch zu sein vorgeben, die Söhne sind es nie. – So sprach ich Ben vor mir frei.

Soeben habe ich Pablo angerufen, doch der lehnt es ab, mich noch einmal in die Bronx zu fahren. Er deutete an, daß jemand nach mir gefragt habe, sagte aber nicht, wer. Ich werde die U-Bahn nehmen, von der Station Bedford Park sind es nur ein paar Schritte bis zu »Karlas Haus«. Ich will herausfinden, ob es den Karton mit Briefen und Fotos wirklich gibt. Angst habe ich nicht; ich scheine sie ausgeschwitzt zu haben wie in einem Fieber, ich fühle mich leicht und frei.

Paul

Nach einem langen transatlantischen Telefongespräch mit Elisabeth habe ich heute Nacht beschlossen, Jonathan die Suche nach Cäcilia zu überlassen. Meine Mutter hat zweifellos recht – diese Sache geht mich nichts mehr an. Auch wenn Cäcilia in straf- wie zivilrechtlicher Untadeligkeit wiedergefunden würde, wäre eine Fortsetzung unserer Ehe undenkbar. Der harte Schnitt, den Elisabeth mir rät, ist wohl das einzig angemessene Verhalten. Allerdings weiß ich nicht, wie Jonathan es aufnehmen wird, wenn ich das Feld räume; es liegt mir – was selten genug vorkommt – etwas an seiner Meinung. In Turnschuhen und Jeans fahre ich mit der U-Bahn bis Clark Street, weil es da einen Treppenaufgang zur Brooklyn Bridge gibt. Die Überquerung der Brücke in Richtung Manhattan, die ich mir zum Abschied vorgenommen habe, soll einer der schönsten Spaziergänge von New York sein. Freilich hat man mich nicht vor diesem Treppenhaus gewarnt. Plötzlich ist da diese Frau, mit dem von Leid und Laster gezeichneten Kopf auf einem abgemagerten Kinderkörper, zugleich blutjung und uralt, die mich am Aufgang zur Brücke mit erstaunlich kräftigem Griff in eine Nische zieht: »Was willst du? Blasen? Ficken? Ich mache alles.« Während ich mich mit der linken Hand an der ekelhaft feuchten Wand abstütze, um nicht zu fallen und mich mit der rechten vergewissere, ob mein Portemonnaie noch in der hinteren Hosentasche steckt, hat sie blitzschnell den Reißverschluß aufgezogen und fummelt an meinem Glied herum. Fast hätte mein

Stammhirn gewonnen – eine Sekunde lang oder zwei bin ich bereit, mich geschlechtlich bedienen zu lassen, die schmutzige Lust zu genießen, um wenigstens in dieser Hinsicht mit Cäcilia quitt zu sein. Der Gedanke erregt mich, vielleicht ist es auch die sanft massierende Hand – der Drang, diesen biederen, geradeaus liebenden Ehemann, der ich bin, in den Mund einer Nutte zu stoßen, überwältigt mich fast, doch etwas hält mich zurück. Auch wenn niemand von dieser Begegnung wüßte, ich, Paul d'Anton, brauche diese Erfahrung nicht oder vielmehr, ich will mich nicht an sie erinnern müssen. »Lassen Sie das«, sage ich, indem ich mich etwas unsanft losmache, »ich gebe Ihnen das Geld auch so.« Ich trage etwa fünfzig Dollar in kleinen Scheinen bei mir, wie man es mir für den Fall, daß ich von Junkies überfallen würde, angeraten hat, die händige ich bis auf die Reserve, die in der Socke steckt, der Frau aus, die nun versucht, meine Hand zu küssen. Ich entreiße sie ihr – und sie weint. So kommt es, daß ich mich neben einer Junkienutte auf der schmutzigen Treppe im Aufgang zur Brooklyn Bridge niederlasse, ihr eine Zigarette anbiete und ihre Geschichte anhöre. »Ich bin auf Crack. Weil ich kein Geld habe, muß ich mit Sex bezahlen. Okay, okay, ich komm' schon wieder hoch. Ich schwör' es dir, ich komme wieder hoch!« Wer kann sich die Umstände seiner Geburt schon aussuchen, denke ich, und was für ein Glück habe ich, Paul d'Anton zu sein. Dann wandere ich über die Brücke, auf die Himmelslinie von New York zu, die mir gar nichts Mythisches an sich zu haben scheint, sie erinnert mich eher an eine Panoramapostkarte zum Aufklappen. Mit der Dollarreserve aus der Socke bezahle ich das Taxi, das mich zu Jonathans Büro bringt.

Auf dem Schreibtisch liegt ein Gegenstand, von dem weder Velda noch Jonathan, noch eine ganze Kompanie von Detektiven wissen können, daß er Cäcilia gehört: ihre Handtasche. Ich habe sie mir, bevor ich sie kaufte, in dem Geschäft mehrere Male zeigen lassen, ehe ich sicher war, Cäcilia würde an ihrer ein wenig altmodischen Form Gefallen finden. Der Fund bedeutet in Jonathans Interpretation Gutes – sie sind Cäcilia auf der Spur – und Schlechtes: freiwillig hätte sie sich kaum davon getrennt, keine Frau tut das. Nun erzählt Velda eine wilde Geschichte. Wie sie und der als Stadtstreicher verkleidete Bronxspezialist die Dunkelheit abgewartet hätten. Die letzten Meter habe der zerbeulte alte Oldsmobile ganz ohne Licht so unwahrscheinlich leise zurückgelegt, daß man es, wäre nicht Technik beteiligt gewesen, anschleichen nach Indianerart hätte nennen können. Für den Weg über Flur und Treppenhaus hätten sie einen starken Punktstrahler benutzt, der seine Lichtsalven noch in die entferntesten Ecken schieße. Niemand sei ihnen begegnet, nicht einmal im dritten Stock, wo weit entfernt ein Säugling geschrien habe, auch der vierte Stock sei wie ausgestorben gewesen, erst nach langem Klopfen habe Rose Webster ihre von drei Sicherheitsketten gehaltene Tür einen Spaltbreit geöffnet, um mit einem schwächlichen Taschenlampenstrahl Veldas Lichtklinge zu kreuzen. Aufwendiges Reden sowie mehrere nah an die Öffnung gehaltene Banknoten hätten sie schließlich davon überzeugt, daß Velda und ihr verkleideter Begleiter nach der verschwundenen Deutschen suchten. Plötzlich seien die Ketten gefallen, die Tür sei weit geöffnet worden. »Kommen Sie schnell«, habe Rose gedrängt, doch hinter ihnen nicht abgesperrt, sie, Velda, habe sich da schon gedacht, daß noch jemand in der Wohnung sei, dem Rose Gelegenheit geben wollte, sich aus dem Staub zu machen. In ihrem flaumgesäumten Hausanzug mit Papilloten im Haar habe Rose sich wie ein Filmstar aufgeführt, dessen rühmliche Vergangenheit mehr zählt als das gegenwärtige Elend. So ganz arm scheine sie im übrigen nicht zu sein, ein kleiner Fernsehapparat sei angeschaltet gewesen, batteriebetrieben, die einzige Lichtquelle in dem finsteren Loch. Auf dem Tisch hätten nebst einer halben Flasche Fusel ein Glas und eine Tasse gestanden, was Veldas Verdacht, Rose sei nicht allein, bestätigt habe. Rose habe sie neben sich in ihr tiefes Sofa komplimentiert und Velda sei der Einladung gefolgt; der Kollege sei neben der Tür stehengeblieben, was Rose merklich nervös gemacht habe. Ihr Erinnerungsvermögen habe sich mit jedem der Geldscheine – die sie unglaublich schnell in ihren ununterscheidbaren Körper- und Kleiderfalten habe verschwinden lassen, so daß sich Velda das Bild einer dollarfressenden Orchidee aufgedrängt habe – ein wenig verbessert, jedoch nicht so weit, daß sie zugegeben hätte, Cäcilia nach ihrem Treffen im Drugstore noch einmal zu Gesicht bekommen zu haben. Was den ausgelegten Köder, die angeblichen Briefe und Fotos, betreffe, so habe sie vermutlich sogar die Wahrheit gesagt, als sie äußerte, es wäre ein Hohn gewesen, das traurige Leben, das Karla geführt habe, auch noch zu dokumentieren. Velda habe, während Rose nicht ganz folgerichtig jammerte, sie sei eine arme alte Frau und jedem Bösewicht hilflos ausgeliefert, unauffällig in der Spalte zwischen Polsterung und Rückenlehne gewühlt und eine Handtasche zutage gefördert, die aus der Umgebung abstach wie ein Staatsbesuch im Slum. Rose habe das mutmaßliche corpus delicti geschwind an sich gerissen: »Die gehört mir, die habe ich seit Jahren!« Das Geräusch irgendwo hinten im Raum hätten alle gehört, auch Rose. Überraschend gelenkig habe diese alte Frau sich aus den Polstern gehangelt, Velda habe alle ihre Kraft gebraucht, um sie aufs Sofa zurückzuziehen. Währenddessen habe sich der Detektiv davongeschlichen, *hands up!* im Hintergrund, ein kurzes Handgemenge, etwas sei zu Boden gefallen und unter den Tisch geglitten – wen der Kollege da im Polizeigriff anschleppte, sei eben jener Chico gewesen. Seine Pistole habe Velda der Umklammerung von Roses bloßen Füßen entwinden müssen: eine 35er Smith & Wesson. Nun sei für sie alles klar gewesen.

Ich verstehe durchaus nichts. Was ist klar? Jonathan: »Cäcilia war noch einmal dort! Wir sind ihr, wenn sie lebt, dicht auf den Fersen.« Jedenfalls habe der Kollege das Bürschchen ein wenig härter angefaßt und ihm unter Drohungen ein Geständnis zu entlocken versucht, welches dann aber die verängstigte Rose in Gang gesetzt habe: »Er war's. Der Verbrecher!« habe sie geschrien. (Er war's. Es war: Cäcilias Leben. Im Bruchteil einer Sekunde ziehen zwanzig Ehejahre an mir vorüber – Cäcilia im Brautschleier, aufgeregt, strahlend. Cäcilia im Sarg. Bleich, unerreichbar. Ich fühle keinen

Schmerz, nur Leere.) Da sei Chicos Widerstand in ein Winseln umgeschlagen: Niemand habe der Deutschen auch nur ein Haar gekrümmt. Sie sei ihnen ganz einfach entwischt. Sie habe die Smith & Wesson gegen jene Briefe eintauschen wollen, deren Existenz Rose erfunden habe. Rose: »Das war nicht ich! Das war Chico!« Der hingegen beharrte darauf, Rose habe Cäcilia alles Geld, das sie bei sich trug, abnehmen wollen, doch diese habe ihre Handtasche vorgezeigt, in der sich nur Krimskrams und ein paar Münzen für die U-Bahn befunden hätten. Da habe Rose wutentbrannt verlangt, Chico sollte seinen Bruder einschalten, der im zweiten Stock ein »Büro« unterhalte. »Wahrscheinlich Drogenhandel«, erläuterte Velda. Chico habe Cäcilia vor ihrer eigenen Pistole hergetrieben, doch sein Bruder sei nicht dagewesen, und während sie auf ihn warteten, habe Cäcilia, die wußte, daß er scharf auf sie war, ihn mit einem vorgetäuschten Annäherungsversuch hereingelegt, Pistole und Handtasche wieder an sich gebracht und den Weg über die Feuerleiter genommen, den sie kannte. Zufällig habe der Bruder sie flüchten sehen und verfolgt, aber wegen irgendeines Zwischenfalls aus den Augen verloren. Die Handtasche habe er unterwegs gefunden. Das sei ganz bestimmt wahr, dafür könne er ein Dutzend Zeugen benennen. Niemand wisse genau, schloß Velda, wo Cäcilia geblieben sei. Immerhin habe Chico, jetzt wieder gegen Zuckerbrot, also Dollars, eine ungefähre Beschreibung der Gegend geliefert, wo sie zuletzt gesehen wurde. Dort suche man unter Mithilfe der Polizei nun systematisch Block für Block ab. Ob ich mir darüber im klaren sei, daß das einiges kosten werde? Ich bin nicht ganz bei der Sache, denn Jonathan breitet gerade den Inhalt der Handtasche auf dem Tisch aus: Dinge, die Cäcilia gehören, die so ausschließlich zu ihr gehören, daß sie, wie sie da liegen, keine eigene Bedeutung haben. Nicht, wie Jonathan sagt, »ein Lippenstift«, sondern »Cäcilias Lippenstift«, nicht »ein Kamm«, sondern »Cäcilias Kamm«, behaftet mit mikroskopisch kleinen Partikeln von abgeschilfter Haut, ausgekämmtem Haar, Resten von Körperlichkeit – Reliquien. Plötzlich verstehe ich einen Aspekt des Katholizismus, der mir nicht abstrakt genug ist, zu nah an der Nekrophilie. Ich strecke die Hand aus. Ohne mich anzusehen, legt Jonathan Cäcilias Sachen in die Tasche zurück und reicht sie mir über den Tisch.

III

Paul

Für Cäcilias Sündenfall büße ausgerechnet ich. Wenn ich mein Zimmer betrete, fällt mein Blick zuerst auf den Schrank, wo das Tagebuch eingeschlossen ist. Selbst wenn ich an etwas ganz anderes gedacht habe – sobald ich die Tür öffne, springt mir das Schloß ins Gesichtsfeld, in das ich nur den Schlüssel zu stecken bräuchte, um das Quartheft in die Hand zu nehmen. Jonathan hat es verpacken und versiegeln lassen, bevor er es mir aushändigte, und sein Blick konnte nichts anderes bedeuten als: *I warn you.* Überlegen Sie sich gut, was Sie tun, Paul d'Anton. Seither quäle ich mich. (Dieses Mal nicht ... Ich denke nicht an das Tagebuch, sondern beispielsweise ans Händewaschen ... Ich frage mich nicht, ob es noch da ist ... Ich suche nicht den Schlüssel ... Ich öffne nicht die Schranktür ... Ich sehe das Tagebuch vor mir liegen, rühre es aber nicht an ... Ich drehe es in den Händen hin und her ... Ich zupfe versuchsweise an dem Siegel ... Ich lege das Päckchen zurück ... Ich schließe die Schranktür ... Ich deponiere den Schlüssel im Geheimfach des Schreibtischs ... Ich gehe ins Bad, um mir die Hände zu waschen ... Ich bin zufrieden mit mir, denn ich habe widerstanden ... Ich bin unzufrieden, weil ich immer noch nicht weiß, was ich gern wüßte ... Was mich nichts angeht. Oder geht es mich doch etwas an?)

Als ich Cäcilias blutverkrusteten Körper auf der Tragbahre liegen sah, habe ich ein Gelübde abgelegt: meinen Stolz für ihr Leben. Wenn sie gerettet würde, wenn sie wieder zu sich käme, wenn ich meine Cäcilia halbwegs gesund mit nach Hause nehmen könnte, würde ich vergeben und vergessen. Die Dokumente vernichten, die Erinnerungen zügeln, bestimmte Worte nicht mehr denken, Namen wie Karla, New York, Benjamin S. Kempe von der Tafel löschen. Dann stellte sich heraus, daß Cäcilia zwar, außer einer Platzwunde am Kopf, keinen bleibenden körperlichen Schaden erlitten hatte, daß ihre Wahrnehmung aber durch ein Blutgerinnsel im Gehirn beeinträchtigt war. Anfangs erkannte sie noch nicht einmal mich, oder das Foto von Christine. Es gelang den Ärzten, das Hämatom abzusaugen, doch ihr Gedächtnis blieb gestört. Zwar nannte sie mich Paul und das Gesicht auf dem Foto Christine, doch war nicht zu unterscheiden, ob das nun ein neuer Lernpozeß war, oder authentische Erinnerung. Ich muß gestehen, mir war das nicht unlieb, ich hielt es sogar für eine Art höherer Fügung, daß Cäcilia alles, was mit New York zusammenhing, vergessen hatte. Nicht einmal der Name ihres Liebhabers rief irgendeine Reaktion hervor. Das kam meinem Wunsch entgegen, die Affäre vor dem Städtchen geheimzuhalten. Selbst Elisabeth mußte einsehen, daß ich meine invalide Frau nicht einfach ihrem Schicksal überlassen konnte. Ich weiß noch, wie ich im Taxi auf dem Weg zum Hubschrauberterminal Cäcilias auf dem Polster ruhende Hand mit der meinen bedeckte und etwas tölpelhaft dabei sagte: »Es wird schon wieder werden!« So sehr war sie auf mich angewiesen, daß der Beschützer in mir den betrogenen Ehemann in die Ecke stellte. Im Flugzeug schlief sie an meiner Schulter, was die zärtlichsten Gefühle in mir weckte. Soweit es von mir abhinge, würden wir so tun, als sei nichts gewesen und das Glück unserer frühen Jahre wiederfinden. Erst als sie zu Hause in der ihr doch seit Jahrzehnten vertrauten Umgebung offensichtlich jeden Weg neu lernen mußte: ins Bad, in die Küche, die Treppe hinauf ins Schlafzimmer, durch die Terrassentür in den Garten, begriff ich, wie tief der Schnitt in ihrem Gedächtnis war. In der ersten Nacht nach der Heimkehr hatte ich wach gelegen, auf ihre Atemzüge gehorcht und in einer Anwandlung von Kinderfrömmigkeit dem Herrgott gedankt, daß dieses gefährliche Abenteuer so glimpflich abgelaufen war. Während ich darüber nachdachte, wie weit jene Instanz auch für die detaillierteren Wechselfälle des Lebens verantwortlich zu machen sei, mich mit anderen Worten wieder in das Klima meines Essays begab, schrie Cäcilia, daß es mir durch und durch ging. Schnell knipste ich das Licht an, um sie aufzuwecken, doch als sie mich erblickte, schrie sie noch viel lauter, was mich über jedes vernünftige Maß hinaus kränkte. Aus war es mit der ins Auge gefaßten Vergebung. Wie die Erinnyen der Antike setzten sich rachsüchtige Gedanken in meinem Gehirn fest. Ich schlief auf der Liege in meinem Arbeitsraum, bis Cäcilia freiwillig in Christines Zimmer übersiedelte.

Besonders schlecht ertrage ich ihren ausweichenden Blick; als nähme sie mich überhaupt nicht wahr. Äußerlich ist alles beim alten, besonders an einem warmen

Herbstmorgen wie diesem, wenn die Frühstücksbutter in der Sonne schmilzt und das offene Marmeladeglas ungewöhnlich viele Wespen anlockt, denen die ersten Frostnächte offenbar nichts hatten anhaben können. Daran, daß sie immer etwas vergißt, die Milch für den Kaffee, mein weichgekochtes Ei, habe ich mich gewöhnt. Auch fällt ihr hin und wieder etwas hinunter, das Messer oder die Serviette, wonach ich mich bücke, ohne daß sie Notiz davon nimmt. Ihre Gleichgültigkeit schließt sie selbst mit ein. Eine Wespe auf der Brötchenhälfte, die Cäcilia gerade zum Mund führte, hat bewirkt, daß sie zu essen aufhörte; ich werde sie, wie so oft, daran erinnern müssen. Gehorsam wird sie daraufhin ihr Frühstück fortsetzen, wie ein Roboter, der Nahrungsaufnahme und Verdauung im Programm hat, dem jedoch die Genußfähigkeit fehlt. Fröstelnd kreuzt sie die Arme über der Brust. Ich springe auf, um ihr die Decke zu holen, die drinnen auf einem Stuhl bereitliegt. Während ich das leichte Gewirke aus Mohair um ihre Schultern lege, atme ich den Duft ihres von der Nachtkleidung nur leicht verhüllten Körpers, des verwirrten Haares ein, und jenes lang unterdrückte Begehren schießt in mein Geschlecht, nur mühsam beherrsche ich den Impuls, sie so von oben und hinten überraschend zu umarmen. Nun bin ich in ihrer Nähe gefangen, ich werde alle meine Energie aufbieten müssen, um an den Schreibtisch zu gehen – nicht jetzt gleich, natürlich, nicht sofort, niemand kann mich dazu zwingen. Mit ihrer körperlichen Unerreichbarkeit glaube ich mich mittlerweile abgefunden zu haben, daß sie jedoch zu keinem Dialog mehr fähig ist, keine Anmerkung quittiert, auf keine Frage antwortet, wirft mich immer wieder auf mich selbst zurück und in eine Einsamkeit hinein, die, anders als die selbstgewählte am Schreibtisch, peinigend ist.

Ich strecke die Beine aus, blinzle in die Sonne; der Tag ist zu schön, um sich über das Unabänderliche zu grämen. Schwager Georg hat schließlich Geduld angemahnt. In fast allen ähnlich gelagerten Fällen, beruhigte er Stefanie, Christine und mich, habe sich im Verlauf von Wochen oder Monaten das Gedächtnis wieder hergestellt, mit Lücken freilich, die oft psychologisch begründet seien, unerträgliche Erinnerungen würden auf diese Weise unter Verschluß gehalten; da empfehle sich dann eine Psychotherapie. Ich hatte die Familie zusammengerufen (meine Mutter sagte allerdings ab), weil ich nicht mehr weiterwußte. Obwohl mir klar ist, daß sie krank ist, kann ich Cäcilia nicht wie eine Unzurechnungsfähige behandeln. An manchen Tagen quält mich überdies der Verdacht, daß sie den Verlust ihres Erinnerungsvermögens nur vortäuscht, um sich für das, was sie getan hat, nicht verantworten zu müssen. Für die Familie war die Begegnung ein Schock. Wohl hatte ich sie darauf vorbereitet, was sie erwartete, und sie spielten mit, als ich sie Cäcilia wie einer Fremden vorstellte: »Unsere Tochter: Christine ... Meine Schwester: Stefanie ... Dein Schwager: Georg ...« An den Gesichtern konnte ich ablesen, welch verstörenden Eindruck Cäcilias passive Hand in der Hand des Begrüßenden hinterließ. Auch reagierte sie auf keine Anrede, nahm am Gespräch nicht teil; sie erschien nicht in sich selbst versunken, sondern außerhalb von sich verloren, und als Christine sie schließlich, wie um sie zu uns zu holen, an der Schulter faßte, zuckte sie voller Abwehr zurück, woraufhin das Kind kreideweiß davonstürzte. »Ich weiß nicht, was ich mit ihr machen soll!« seufzte ich, doch Stefanie schüttelte mißbilligend den Kopf und fuhr fort, Cäcilia in die Unterhaltung mit einzubeziehen, als wollte sie mir bedeuten, daß auch eine Geistesabwesende irgendwie anwesend ist.

Stefanie schickte uns als Haushälterin Frau Schwarz, eine eingewanderte Rußlanddeutsche, die insofern die ideale Wahl ist, als sie niemanden anspricht und (fast) jedes Geräusch vermeidet, so daß hier nun drei Menschen nebeneinander her leben wie in einer Klostergemeinschaft mit Schweigegelübde, was dem Asketen in mir entgegenkommt. Es stellen sich wieder diese Momente ein, etwa, wenn mir eine gut formulierte Seite gelungen ist, in denen ich mich in meinem Sessel zurücklehne, zufrieden an der Pfeife sauge und mich sozusagen von oben sehe, aus der Höhe eines Kirchturms oder noch höher, wie ich in der Tradition der mittelalterlichen Mönche, nur nicht mit Feder und Tinte auf Pergament, sondern vis-à-vis einem strahlungsreduzierten Bildschirm, das abendländische Wissen weitergebe – bereichert um eine Marginalie, einen Schnörkel am Rande, einen unbedeutenden Kommentar, gezeichnet Paul d'Anton. Die Episode New York hat in mir einen Produktivitätsschub ausgelöst, ich habe in wenigen Wochen drei Aufsätze in Fachzeitschriften veröffentlichen können, die mir eine Reihe respektvoller Briefe und Anfragen eingetragen haben; kurz, ich bin als Publizist ins Gespräch gekommen und fühle mich ermutigt, endlich jenen Plan zu verwirklichen, der meinen Ehrgeiz seit Jahren herausfordert: über die Wirklichkeit des Bösen ein Buch zu schreiben.

Das farbenfrohe Blätterwerk stimmt mich lyrisch. »Gegen alle Zweifel hilft immer wieder die Vollkommenheit der Natur.« Ein Satz, der sofort notiert werden muß; ehe ich zurück am Schreibtisch bin, habe ich ihn vielleicht vergessen. Ich klopfe auf die Taschen meines Hausrocks; kein Notizbuch, keine Pfeife. Warum sitze ich hier eigentlich noch so faul herum? In Cäcilias Haar hat die Sonne rote Feuerstellen entzündet. Abgewandt, in den Garten horchend, der um diese Jahreszeit so still ist, daß man das Knistern der Baumrinde, das Wehen der herabfallenden Blätter hört, ist sie zu einem Bild der Melancholie erstarrt, das ich malen würde, wenn das mein Handwerk wäre. Doch mein Metier sind die Wörter. Ein Bild würde ohnehin nur die schöne Oberfläche zeigen, und nicht den Abgrund, der sich dahinter verbirgt. Den kann man nur aufdecken, indem man ihn benennt. Das Böse durch Benennung bannen; was sonst ist Aufklärung –!

Ein Luftzug bläst ihr die Haare ins Gesicht, die sie in einer wiedergefundenen anmutigen Geste mit beiden Händen bändigt. »Paul«, sagt sie, als habe sie nie die Sprache verloren: »Paul – was ist passiert?« Wäre da nicht jener Satz gewesen, den ich festhalten wollte, hätte ich bestimmt zulänglicher reagiert. »Vergessen wir das Ganze –!« Warum habe ich das nur gesagt, überlege ich mir auf dem Weg in mein Arbeitszimmer, warum bin ich aufgesprungen, anstatt sitzenzubleiben und in Cäcilias unerwartete Offenheit vorsichtig einzudringen, warum kehre ich, obwohl ich mein Fehlverhalten erkenne, nicht zurück? Die Formel, auf die hin Cäcilia mir früher, wenn ich verstimmt war, zuzulächeln und nach einer Weile wie zufällig nahe zu kommen pflegte, damit ich sie zur Besiegelung des Friedensschlusses en passant umarmen könnte, ist in diesem Fall absurd. Vergessen hilft hier nicht. Es ist eher zuviel in Vergessenheit geraten. Würde denn erinnern helfen? Wie unbehaglich mir der Gedanke ist, Cäcilia, wie sie da mit seitlich geneigtem Kopf auf ihrem Gartenstuhl sitzt, könnte an Ben S. Kempe denken –! Sie darf sich nicht erinnern. Dann kann ich vergessen.

Cäcilia

Ich fühle Pauls Feindseligkeit wie eine Eigenschaft der mich umgebenden Luft. Ein inneres Echo, ähnlich dem, das die Erinnerung an eine lang verstorbene geliebte Person ersetzt, meldet mir, daß dieser Ehemann in Vorzeiten die felsenfesteste Gewißheit der Welt für mich bedeutet hat. Als ich nach vielen Verzögerungen, bangem Schweben, angstvollem Durchsacken einem mehrere Leben währenden Alptraum endlich entkommen konnte, war er da und gab mir das Gefühl, alles sei gut. »Paul!« flüsterte ich. Er wandte sich ab und sagte zu jemandem am Kopfende des Bettes *»she's awake«*. Auch die Antwort erfolgte in englisch, sie enthielt Wörter, die mich erschreckten – war ich etwa gar nicht wirklich wach? Aber da war doch Paul, und er sah mich an ... als erkenne er mich nicht. »Paul!« rief ich, glaubte ich zu rufen, vielleicht war es ein nicht ausgeführter Schrei, jedenfalls entfernte sich dieser Mann, für den ich einen Namen hatte. Es war ein anderes Gesicht, das sich nun über mich beugte und mich fragte: *»What's your name?«* Was für eine Frage! Jemand im Hintergrund übersetzte: »Wie heißen Sie?« Ich suchte angestrengt: »Baby Blue.« Ein Ohr über einem weißen Kittelkragen, vermutlich ein Arzt (wo war ich überhaupt, wie kam ich hierher?) näherte sich meinem Mund: »Wie heißen Sie?« – »Baby Blue.« Der Frager machte ein Gesicht wie der Lehrer in der Schule, wenn man die falsche Antwort gibt. Etwas stimmte hier nicht. Meine Hände lagen auf einer weißbezogenen Decke, die Konturen meiner Beine zeichneten sich darunter ab, ich besaß also noch alle meine Gliedmaßen, allerdings tat mir Verschiedenes weh, besonders der Kopf. Ich befahl meiner Hand, die nach einigem Zögern gehorchte: Ich fühlte einen Verband. Angestrengt versuchte ich mich zu erinnern, was passiert war – irgend etwas Schreckliches. Ein Unfall? Aus meiner Kehle brach, was Worte sein sollten, ich erschrak über das Gurgeln und Krächzen – ! Der Arzt gab eine Anweisung, da war noch jemand im Zimmer, eine Schwester, die hatte eine Spritze in der Hand, stach sie aber nicht in meine Haut, sondern in eine Kanüle, die in der Höhe der Pulsadern an meinem linken Arm befestigt war. Ich fühlte, wie ich das Bewußtsein, um das ich so lange gekämpft hatte, wieder verlor.

Das ist der Beginn meiner Geschichte, weiter zurück gelange ich nicht. Ich habe seit meinem Aufwachen, von dem ich nicht sagen könnte, ob es Wochen oder

Monate her ist, das Zeitmaß noch nicht wiedergewonnen, wie überhaupt die ganze Wirklichkeit durcheinander ist, konfus wie ein Kaleidoskop, das seine bunten Scheibchen, ehe man das Muster genau betrachten kann, schon wieder in neue Anordnungen schüttelt. Anfangs habe ich mir Mühe gegeben, alle Fragen, die man mir stellte, gewissenhaft zu beantworten, freilich schien das, was ich sagte, nicht zu gefallen, obwohl ich, um meine Angaben zu beglaubigen, immer wieder neue Details anführte. Man hat zum Beispiel behauptet, ich hieße nicht Baby Blue, sondern Cäcilia, was ich korrigieren mußte: In einem früheren Leben sei ich tatsächlich Cäcilia genannt worden, nun aber sei mein Name Baby Blue. Die Frage, ob ich Kinder habe, war zu verneinen; das Mädchen, dessen Foto mir so ähnlich sieht, Christine, sei, versicherte ich, in Wirklichkeit ich selbst in jüngeren Jahren. Paul? Der sei mein Mann, mein Ex-Mann, fügte ich hinzu, denn ich habe ihn aus irgendeinem Grund, an den ich mich nicht mehr erinnern kann, verlassen. Meine Mutter sei nach dem Tod des Vaters nach Amerika ausgewandert; wenn ich tatsächlich in New York gewesen sei, hätte ich dort vermutlich nach meiner verschwundenen Mutter gesucht. Gefunden hätte ich sie leider nicht, ein Unglück sei dazwischengekommen – an dieser Stelle verstummte ich jedesmal, in der Hoffnung, man werde mir etwas über die näheren Umstände jenes Unfalls mitteilen, nach dem ich nicht zu fragen wage, weil alle eigenen Erinnerungsversuche in eine schmerzhafte Dunkelheit münden. Doch nicht einmal Paul scheint bereit zu sein, mir aus der Verlegenheit zu helfen, aus irgendeinem

Grund ist er böse auf mich, er hat mir sogar schon vorgeworfen, daß ich lüge. Daraufhin bin ich in einen Schweigestreik getreten; keiner soll mehr ein Wort aus mir herausbekommen. Das hat sich als ein Tarntrick erwiesen; weil man meine Anwesenheit nun leicht vergißt, wird über mich geredet, als sei ich nicht da, auf diese Weise habe ich erfahren, daß ich halb verhungert und verdurstet aus einem Heizungskeller in der Bronx gerettet worden bin, was mir zunächst völlig absurd erschien, als ob alle Welt verrückt geworden sei, doch dann verdichteten sich einige Erinnerungsschatten, bestimmte Bilder von einer Flucht durch eine Häuserwüste bekamen Kontur; dennoch habe ich bis heute, bis zu diesem schönen Herbsttag auf der Terrasse des Hauses, in dem ich, wofür eine gewisse Vertrautheit der Wege und Gegenstände spricht, früher gelebt habe, keine Idee, wie ich in jene Situation gekommen bin. Warum unterstellt Paul mir, ich täuschte das Vergessen nur vor? Es quält mich selbst doch am meisten, daß ich nichts über mich weiß.

An diesem Abend bin ich ungehorsam, ich nehme meine Schlaftablette nicht. Ich will unbetäubt träumen, damit ich mich morgens an den Traum erinnere, wenn mir schon alle anderen Wege zurück in die Vergangenheit versperrt sind. Jemand geht neben mir einen merkwürdig verwackelten Gang entlang, da ist ein Menetekel an der Wand, vier grellrote Buchstaben: EXIT. Diese Person hat nicht die Art von Paul, sie ist wie ein zweites Ich. Etwas Schmerzhaftes ist mit diesem Traum verbunden, die wehmütige Melodie eines Saxophons... Eine schwindelerregende Fahrt in einem gläsernen Käfig mit durchsichtigem Boden, durch den die Stadt sich entfernt, bis sie nur noch ein Punkt auf dem Planeten ist, dessen blaue Wölbung sich allmählich rundet. Ein Mann – nein, nicht neben, sondern in mir, hält mich fest umschlungen. Er muß mich plötzlich losgelassen haben, denn nun stürze ich einen unendlich langen, schwarzen Weg zurück auf die Erde und durch sie hindurch, ich falle und falle – ! In der Finsternis fährt mir ein Lichtstrahl in die Augen, ein Schlag trifft mich ins Gesicht, und als ich es mit den Armen zu schützen versuche, in den Bauch. Ich erwache von meinem eigenen Schrei. Während ich im Dunkeln darauf warte, daß die Tür aufschlägt und die Deckenbeleuchtung mich Pauls Blick ausliefert, suche ich in der mir noch gegenwärtigen Traumsequenz einen Hinweis auf das, was wirklich geschehen ist ... Ein Mann. Nicht Paul.

Am nächsten Tag kommt Stefanie zu Besuch, was Paul gar nicht paßt, denn er steht unter dem Druck eines Abgabetermins. Ich fühle, daß er uns nicht gern miteinander allein läßt; ahnt er, was ich Stefanie fragen werde? Kaum hat er sich entschuldigt und zurückgezogen, wende ich mich, indem ich den Stuhl herumrücke, mit meinem ganzen Körper dieser Person, meiner Schwägerin, zu, die mir sehr sympathisch ist. Sie ermutigt mich mit ihrer Aufmerksamkeit. »Stefanie – so heißt du doch? Ich bitte dich: sag mir, was passiert ist. Warum weiß ich nicht, was alle anderen wissen?« Sie denkt nach, wahrscheinlich versucht sie, sich vorzustellen, wie das ist. »Gibt es denn gar nichts, woran du dich erinnerst?« fragt sie. »Bruchstücke. Bilder«, sage ich. »Das Problem ist: Ich kann nicht unterscheiden, was

Wirklichkeit ist, was Phantasie.« – »Machen wir es doch so«, schlägt Stefanie vor: »Du berichtest mir, was dir durch den Sinn geht, und ich versuche, es so gut ich kann einzuordnen.« Also weiß auch Stefanie, genau wie Paul, mehr über mich als ich selbst? Ich fühle mich beschämt wie ein Kind, dem gegenüber die Erwachsenen ihre Überlegenheit ausspielen. Doch diese Stefanie wirkt vertrauenswürdig, und ich versuche es: »Einige Bilder kehren immer wieder. Ich sehe mich mit einer Pistole in der Hand zwischen Mauern laufen, die mit obszönen Graffiti bemalt sind, ein nackter Mann und eine nackte Frau in verschiedenen Stellungen – du weißt schon. Dazwischen immer wieder ein Schriftzug: *Kill him!* Das letzte Graffito, vor dem ich stehenbleibe, zeigt, wie die Frau eine Pistole auf den Mann richtet, dessen Brust in einem dicken roten Fleck explodiert. Ich höre Schritte näherkommen, das ist ein Mörder, der es auf mich abgesehen hat, ich fliehe über eine Brücke auf das Hochgebirge zu, das in der Abendsonne glänzt und meine Rettung sein wird, denn dort kennt sich mein Verfolger nicht aus, doch plötzlich bricht die Brücke ab und ich falle, wie man im Traum fällt, ohne irgendwo anzukommen, man wacht gerade noch rechtzeitig auf –«

Ich suche ein Taschentuch, Stefanie reicht mir ihres, es ist aus Stoff, gebügelt und parfümiert, ich wische mir damit über die Stirn, die sich feucht anfühlt, fiebrig. »Kannst du dir darauf einen Reim machen?« – »Ehrlich gesagt, nein«, antwortet Stefanie. »Was in New York geschehen ist, weiß niemand außer dir.« – »Auch Paul nicht? Ich habe manchmal das Gefühl, daß er mir etwas verheimlicht. Daß er etwas weiß, woran ich mich erinnern sollte und nicht erinnern kann. Wie kam ich nach New York?« Statt mir zu antworten, richtet Stefanie eine geheimnisvolle Frage an Frau Schwarz, die auf die Terrasse getreten ist, um den Kaffeetisch abzuräumen: »Wo ist eigentlich die Fleckerldecke hingekommen?« Frau Schwarz wirft ihr, was mich noch mehr alarmiert, einen bedeutsamen Blick zu. »Der Herr Professor wollte nicht, daß sie hier irgendwo herumliegt, deshalb habe ich sie auf dem Dachboden verstaut.« Es ist wie der Blitzschlag der Erkenntnis, von dem Paul manchmal spricht: Heureka, ich hab's! Ich springe auf, laufe ins Haus, renne die Treppe hinauf. Als Stefanie oben ankommt, reiße ich den Fetzen gerade aus der Kiste und breite ihn als Teppich auf den staubigen Bohlen aus. Nun taucht auch noch Paul auf. »Laßt mich allein«, sage ich. Stefanie zieht den widerstrebenden Paul mit sich fort.

Von nun an könnte, wer das Haus nachts beobachtete, einen seltsamen Vorgang wahrnehmen. Während im unteren Zimmer bis spät in die Nacht eine Lampe brennt, geht hinter dem Giebelfenster pünktlich nach den Tagesthemen das Licht an und etwa eine Viertelstunde später wieder aus. Nun muß man nur ein wenig Geduld entwickeln, dann kann man an einem schwachen Schimmer erraten, daß eine Kerze angezündet worden ist. In mondheller Nacht erscheint hin und wieder ein weißes Gesicht am Fenster. Das bin ich. Wie viel diese Löcher in der Wand der Außenwelt von der Innenwelt verraten, habe ich auf einem Hochsitz in New York herausgefunden, wo ich wie ein Spion saß, beauftragt mit einer Recherche, an die ich mich noch nicht erinnern kann, obwohl ich in dieser schweren Arbeit Fortschritte mache. In den Stunden, die Paul seinem Computer widmet, sich diesem zu- und unterordnend, als sei er selbst ein organischer Auswuchs der technischen Einrichtung, wenn also nicht zu befürchten steht, daß er in einer Anwandlung von schlechtem Gewissen plötzlich erscheint, um nach mir zu sehen, beschäftige auch ich mich mit Wörtern, die ich in ein altes Schulheft von Christine kritzele. So heißt meine Tochter, die vor langer Zeit ausgezogen sein muß. Ich wohne jetzt in ihrem Zimmer, in dem seltsamerweise noch ein Rest vom Milchgeruch des Kleinkindes hängt.

Bei Kerzenlicht geht das, was ich verrichte, leichter voran, als ob das Halbdunkel dabei hülfe, die Blockade meines Gedächtnisses durchlässig zu machen; die Gestalten, die aus den flackernden Schatten des vertrauten Raumes treten, haben nichts Bedrohliches, und wenn ich den Leuchter anhebe, verschwinden sie taktvoll. Ich notiere alles, was mir zu mir selbst einfällt, so entstehen kleine Erinnerungsinseln, zwischen denen das Meer des Nichtwissens, so hoffe ich, sich allmählich zurückziehen wird, bis sie einen Verbund bilden, festes Land für meine Gedanken. Begonnen habe ich damit unmittelbar nach der Wiederentdeckung der Fleckerldecke, die mir in der bäuchlings darauf verbrachten Zeitspanne alle damit verbundenen Ereignisse ins Gedächtnis zurückgerufen hat – merkwürdig eindimensionale, ihrer Ausstrahlung beraubte Fakten, Erfahrungskürzel, die ein biografisches Stenogramm ergeben: bunte Fetzen – Damast, Fahnentuch, Kattun. Die Decke hat meiner Tante Karla gehört, von der ich als Schülerin Nachhilfeunterricht bekam, ich glaube in Mathematik, das war mein schwächstes Fach. Ich fuhr zweimal in der Woche mit der Linie 6 in den Vorort von N., wo sie ihre kleine Wohnung mit Dingen geschmückt hatte, die es bei uns zu Hause nicht gab, Bilder in Silberrahmen, Kerzen, ein Grammophon. Zur Belohnung las sie mir mit ihrer ein wenig brüchigen Stimme Geschichten vor. Später ging sie nach Amerika, woran ich irgendwie schuld war, vielleicht fällt mir der Grund ja noch ein. Die Fleckerldecke hat sie mir offenbar dagelassen. Dann tauchte Tante Karla wieder in meinem Leben auf, eine zarte alte Frau, die winkend auf mich zulief und dem Mann neben mir, vermutlich Paul, ohnmächtig in die Arme fiel. Sie starb, daran erinnere ich mich genau, unter dieser Decke, zugeschüttet mit weißen Rosen. Diese Rosen waren eigentlich für mich bestimmt, aber wieso, kann ich mir überhaupt nicht erklären. Weiß ist die Farbe der Trauer. Meine Reise nach Amerika hing mit Karlas Tod zusammen. Weiter komme ich nicht. Die Lösung des Rätsels ist mein Name. Hier werde ich Cäcilia gerufen. Warum bilde ich mir ein, in Wirklichkeit Baby Blue zu heißen ... Sobald ich Pauls Schritte auf der Treppe höre, blase ich die Kerze aus und schlüpfe ins Bett. Er betritt das Zimmer nie, sondern lauscht nur ein paar Sekunden lang an der Tür. Dieses Horchen aufeinander durch ein lackiertes hölzernes Brett ist der intensivste Kontakt des ganzen Tages zwischen Paul und mir.

Paul

Es war genau der falsche Moment. Ich hatte es. *I got it,* wie Jonathan sagen würde. Ich spürte weder den scheuernden Stuhl noch die Unbequemlichkeit meiner Haltung, noch die kalten Füße, noch Hunger oder Durst. Ich war eingedrungen in die Welt der Begriffe, ich war mit ihnen so auf du und du, daß ich sie als Individuen wahrnahm und mit ihnen zu reden begann. Das Gute hatte mütterliche Züge, Du Gute, die du nährst und wärmst, aber auch väterliche, Du Guter, verantwortungsvoll und gerecht – die dritte personale Form wird fälschlich das Sächliche genannt, in Wirklichkeit ist sie androgyn, sie bedeutet die Aufhebung des Geschlechtsunterschieds, der eine Kategorie der Materie ist, im Bereich des Geistigen. Ein Abstraktum – seit New York fallen mir sprachliche Kühnheiten zu, die mir vorher unausdenkbar waren – wäre demnach ein Transvestit, wie jener in Soho, dem oben die Brüste und unten der Penis aus einem Schnürkorsett quollen, jedoch ein immaterieller, sozusagen das Substrat des Transvestitentums. Das setzt die beflügelndsten Metaphern frei, nun kann ich Das Gute als Platons unverwundbares vierfüßiges Liebespaar durch den Weltraum rotieren lassen, dann ist es Die Liebe, ich kann es in eine Utopie der mütterlichen Wunscherfüllung und väterlichen Gerechtigkeit umbilden, dann ist es Die Ideale Gesellschaft, oder ich kann ihm, als Dem Sittlichen, die Elternschaft allen vorbildlichen Handelns zuordnen, das auf diese Weise von der handelnden Person abgekoppelt wird und eine eigene Rubrik aufmacht: Das Gute – eine Verhaltensliste.

Umgekehrt ist natürlich auch Das Böse ein Zwitter, es ist der Teufel mit Bocksbart und Brüsten, mit Penis und Klaue, die Kreuzung eines gewissen Architekten mit einer gewissen Junkienutte, eines gewissen Crackdealers mit einer gewissen Tante. Halt – ich vergaloppiere mich: Selbstverständlich kann Das Böse ebenfalls nur Eigenschaft von Handlungen sein, nicht von Personen; wir leben doch nicht im Mittelalter, in dessen Vorstellung der Teufel von einer Seele ganz und gar Besitz ergreift. Was für eine Lust, mit den Begriffen zu spielen, als seien sie Dominosteine: die Sechs an die Sechs und die Eins an die Eins, und jede Kombination eröffnet eine mögliche neue ... In diesem Moment klopft es. Das muß Frau Schwarz sein, entschlossen, mich wegen vorgeblichen Staubs und unbeweisbaren Drecks aus meinem Arbeitszimmer zu verjagen. Mein Herein klingt hoffentlich reserviert, ich schaue nicht zur Tür, um die Störung nicht auch noch durch Höflichkeit gutzuheißen, Frau Schwarz wird, enthemmt durch Gewohnheit, ich hätte ihr das gleich am ersten Tag verbieten müssen, nun ist es zu spät, direkt zum Fenster stürzen, um es aufzureißen und ungemütlich frische Luft hereinzulassen, dann wird sie skrupellos den Staubsauger anwerfen ... Stille. Ich blicke auf. Sie steht da und zerknüllt ihre weiße Schürze. »Ist etwas?« frage ich. »Ihre Frau ist fort«, sagt sie. »Mit zwei Koffern.« Ich habe Lust zu lachen. Ich lache und lache, so daß Frau Schwarz bestürzt auf dem Besuchersessel Platz nimmt. Alles wiederholt sich.

Cäcilia

Es war wie die Flucht aus einem Gefängnis. Als ob ich Gitterstäbe durchgesägt und mich an einem Seil über eine Mauer herabgelassen hätte. In Wirklichkeit habe ich natürlich nur heimlich gepackt, Geld abgehoben und für den Frühzug ein Taxi an die Straßenecke bestellt. Alle diese verstohlenen Handlungen: das lautlose Schließen der Tür mit Hilfe des von außen eingesteckten Schlüssels, das Schleichen am Rand des gekiesten Gartenwegs, der Abschiedsblick auf Flieder, Eibe und Pauls erleuchtetes Arbeitszimmerfenster, vollzogen sich irgendwie routinemäßig, doch erst als ich im Zug saß, unabgelenkt von der Nacht vor den Fenstern, halb wach, halb träumend, erklärte sich mir dieses Gefühl von Wiederholung: So war ich in Vorzeiten aufgebrochen, um die nahe Großstadt zu erreichen, wo ich dieses Mal umsteigen mußte, damals aber das Gepäck auf einem Wagen, den man mit Hilfe eines Markstücks aus der Verkettung mit seinesgleichen löst, aus der Bahnhofshalle schob und ein Taxi zum Flugplatz nahm. Und während sich die Geschwindigkeit des Zuges steigerte und Lichtpünktchen durch die Nacht flogen, die genausogut Sterne sein konnten, und es nicht mehr zu unterscheiden war, ob wir uns waagrecht bewegten oder senkrecht, im Steilflug oder im freien Fall, überfiel mich die Erinnerung an Ben wie eine organische Erkrankung, wie Blinddarmentzündung, wie Zahnweh. Ich begriff, daß es gegen diesen Schmerz kein Mittel gab, daß ich ihn würde durchstehen müssen, um wieder dort anzukommen, wo ich mich verloren hatte. Nur in strengster Klausur, unabgelenkt von Menschen und Pflichten, würde ich mich auf die Krankheit in mir so konzentrieren können, daß mein Immunsystem mit ihr fertig und sie nicht chronisch würde, zu einem Selbstzerstörungsprogramm. Ich fand eine leere kleine Wohnung, in der ich auf einer Matratze ohne Bettwäsche schlafe, ich benutze meine Koffer als Schrank, filtere mir den Kaffee in einen Steingutbecher und lebe von Gyros, Pizza und Äpfeln. Den einzigen Stuhl habe ich ans Küchenfenster gestellt, wo ich die Füße auf die Heizung lege und auf die Brandmauer gegenüber starre, Stunden, Tage, Nächte. Letzthin habe ich meine Lagerstatt hinaus in den Flur geschleift und im kleinen Zimmer die Decke zu streichen begonnen, doch der Putz hält dem Gewicht der Farbe nicht stand und blättert herunter. Mit dem Spachtel ziehe ich die Schichten wer weiß wie vieler Übereinanderrenovierungen in langen brüchigen Streifen ab. Der bröckelnde Putz setzt sich in meinem Haar fest, die breiige Farbe kleckert mir auf das Gesicht und den Hals. Ich ziehe die Rolle über die Decke, bis sich mein Nacken verkrampft und Blasen die Handflächen bedecken. Dabei entdecke ich die Zerstörungswut in mir, die sich kontrovers austobt, indem sie etwas repariert und erhält. Läge nicht die Plastikfolie darüber, würde ich bestimmt auch noch die Dielen streichen. Ungebrochenes Weiß: sauber, hygienisch, tot. Summierte Lichtfarbe, die im Spektrum nicht erscheint. Wenn ich da wie eine Besessene weiße, weiße, weiße – was streiche ich zu? Im Süden pflegen die Leute alle Spuren der Vergänglichkeit an den Mauern ihrer Häuser mit Kalk zu tilgen. Was Verfall genannt wird, ist in Wirklichkeit das Leben: Bakterien, Insekten, Pilze, Flechten, Moos. Weiß ist die Farbe des Todes, aber auch der Unschuld. Geht es mir darum: einen Zustand vor der Schuld wiederzufinden? Aber worin besteht meine Schuld?

Paul

Dr. Fischer ist Scheidungsexperte. Meine Mutter hat mich hierhergeschickt, das gebe ich zu, ich selbst hätte am liebsten alles so gelassen wie es war, ob Cäcilia nun zurückkommt oder nicht. »Vergiß nicht«, hat Elisabeth gesagt, »es geht um die Familie. Nicht nur um ihr Vermögen, mit dem sie bisher zu wuchern wußte wie mit dem biblischen Pfund. Auch um ihre Untadeligkeit, die unseren Kindern und Enkeln die Zukunft garantiert.« Ich bin nervös, es hält mich nicht in dem mit ausgreifenden Armen zu endlosen Bekenntnissen einladenden Sessel, aber auch für einen herumlaufenden Klienten ist in der renommiertesten Kanzlei der Stadt gesorgt; ein dicker, angenehm federnder Teppich dämpft mit den Schritten zugleich die Motorik. Ehebruch. Nun ist es heraus. Und herum. Der Rechtsanwalt hat das Delikt zur Kenntnis genommen, als ob so etwas jeden Tag vorkäme, in jeder Ehe, bei jeder Frau und jedem Mann; ordentliche Verhältnisse kennt der vermutlich gar nicht. In meiner Familie sieht man das anders. Ich bin zu Elisabeth gegangen und habe Abbitte geleistet, weniger für Cäcilias Sündenfall, als für meinen eigenen, der in der Wahl der falschen Partnerin bestand, beziehungsweise in der Mißachtung der diesbezüglichen Warnungen meiner Mutter. Elisabeth zeigte sich befremdet, daß ich die Klärung meiner (»unserer«) Verhältnisse so hartnäckig hinausgeschoben hatte. »Ich habe doch nur versucht«, verteidigte ich mich, »ihr das kleinstädtische Spießrutenlaufen zu ersparen und unser Familienleben nicht vom Urteil anderer abhängig zu machen.« – »Du wolltest dich mit ihr versöhnen? Nach allem, was sie dir angetan hat?« Natürlich nicht bedingungslos, schwächte ich ab. Ob ich ihr jemals würde verzeihen können, wisse ich nicht.

Die wiedergefundene Vertraulichkeit verführte mich dazu, schließlich sogar die Existenz des Tagebuches preiszugeben. »Was steht darin?« fragte Elisabeth. »Ich weiß es nicht«, bekannte ich. »Du hast es nicht gelesen?« – »Nein, Mutter«, sagte ich. »So etwas tut man doch nicht.« Ich sah, wie sie mit sich kämpfte. Es ist eine der heiligen Familienregeln, die Privatsphäre zu achten. Herumliegende Briefe nicht zu lesen, Tagebücher nicht anzurühren. Vertrauen statt Kontrolle. »In diesem Fall«, sagte Elisabeth, »mußt du es sogar. Wie willst du dir sonst ein Bild von dem Charakter deiner Frau machen?« Erschöpft von den Tagen und Nächten des Grübelns seit Cäcilias zweiter Flucht, eingelullt vom Summen des Tees auf dem Stövchen und dem vertrauten Schlag der Standuhr, schlief ich ein. Als ich erwachte, lag ich zugedeckt und ohne meine Schuhe auf dem Sofa ausgestreckt. Die Uhrzeiger waren auf Mitternacht vorgerückt. Meine Mutter saß in derselben Haltung wie vorher an dem inzwischen abgeräumten

Tisch. »Ich muß nach Hause«, sagte ich, obwohl ich am liebsten geblieben wäre, mich in der lang entbehrten Mutter-Kind-Intimität gern noch ein wenig gedrückt hätte vor der Härte des Erwachsenenlebens. »Beantworte mir eine Frage, bevor du gehst«, bat sie: »Liebst du Cäcilia noch?« – »Ich weiß nicht«, antwortete ich. »Du bist jung genug, um noch einmal von vorn anzufangen«, sagte sie zum Abschied: »Ich hätte nichts gegen weitere Enkel!« – Und sie hat noch etwas gesagt.

Auf dem Heimweg war ich fast heiterer Stimmung. Es war eine föhnige Herbstnacht mit einem Wolkenhof rund um den scharfgezeichneten Mond, der die mittelalterlichen Gassen der Stadt zur Kulisse einer dramatischen Begegnung von Licht und Schatten machte, was ich, nach der Erfahrung New York, nun als Inbegriff Europas wahrnehme: Im Dunkel lauert nicht, tausendfach aufgelegt, die Hoffnungslosigkeit, sondern der Mythos. Freilich – ich bin viel zu sehr Wissenschaftler, um nicht jeden meiner Gedanken gleich wieder in Frage zu stellen – gab es auch in diesen Städten früher Bettler, Lepröse, Prostituierte, Mörder und unvorstellbares Elend, aber eben vor Zeiten, vor Jahrhunderten; das war einmal. Gern würde ich glauben, daß Europa, in seinen Strukturen alt und weise geworden, immun ist gegen das Chaos der Neuen Welt, jedoch die Geschichte lehrt, daß Kulturen zu ihren eigenen Mausoleen werden können, oder zum Trümmerfeld, das die Archäologen nach Scherben durchwühlen werden wie Schliemann die Hügel von Troja. Während ich in den Arkaden dem Echo meiner eigenen Schritte lauschte, empfand ich die Vergänglichkeit der Welt als nicht besonders tragisch. Da nichts so bleibt, wie es ist, gibt es auch für eine Ehe keine Bestandsgarantie. Meine Mutter hat recht, ich werde mich von Cäcilia trennen und neu beginnen, mit gerade fünfzig bin ich im besten Alter, reproduktionsfähig sowieso. Und ich erlaubte mir, an die junge Doktorandin Eva P., die glücklicherweise nicht bei mir promoviert, sondern bei einem befreundeten Kollegen, nicht als eine dienstlich abhängige Studentin, sondern als eine attraktive Frau zu denken. Daß sie über das Böse zu arbeiten sich vorgenommen hat, wußte ich von meinem Freund, der mich mit etwas unpassender Süffisanz gebeten hatte, die Eigenwilligkeiten der jungen Dame einer Prüfung durch meinen Fachverstand zu unterziehen. Als Eva P. nach einem kurzen energischen Klopfer ohne mein Herein abzuwarten über meine Schwelle trat und auf dem Besucherstuhl ihre langen, glänzend bestrumpften Beine übereinanderschlug, verstand ich die Anzüglichkeit des Kollegen, denn diese selbstbewußte junge Frau, die eine ganz neue, Männer wie mich eher einschüchternde Studentinnengeneration repräsentiert, ist nicht nur uneingeschränkt sexy, sie geht mit einem heiklen Thema auch äußerst unbefangen um: Unser Körper sei Materie und als solche weder gut noch böse, weder moralisch noch unmoralisch. Deshalb verstehe sie auch Gewalt nicht als das Böse an sich, da zum Beispiel das Töten von Tieren zum Zwecke der Ernährung ebenfalls ein Gewaltakt sei, wie sich überhaupt die ganze Schöpfung erhalte, indem sie sich wechselseitig auffresse. Sie habe, gestand Eva P. mit einer liebenswerten Andeutung von Ratlosigkeit, große Probleme damit, über die im Menschen wirksame Natur den Stab zu brechen. Jenes mathematisch fixierte Gesetz von den Hechten im Karpfenteich, die fressen und sich vermehren, bis keine Karpfen mehr da sind, so daß nun die Hechte einander aus Hunger umbringen, während die Karpfen in aller Stille wieder nachwachsen – jener Algorithmus liege doch möglicherweise auch dem menschlichen Verhalten zugrunde, so gesehen seien alle Akte gesellschaftlicher Ausbeutung und Gewalt ein Teil des großen Werdens und Vergehens.

Ich muß gestehen, daß es mir die Sprache verschlug. Das war der pure Darwinismus. Wenn die junge Generation so denkt – was haben zweihundert Jahre Aufklärung, ach was: zwei Jahrtausende Philosophie dann bewirkt? Ich schob Zeitdruck vor, um nicht vor der Dynamik dieser Frau zu kapitulieren. Eine solche Auffassung mußte gründlich bedacht und einwandfrei widerlegt werden. In einer Anwandlung von Kühnheit, die ich irgendwie mit Jonathan assoziiere, überhaupt mit New York, lud ich sie ein, das »interessante Gespräch« demnächst bei einer Tasse Kaffee fortzusetzen. Unter dem Herbstmond dachte ich nun meine Wünsche zu Ende und kam zu dem Schluß, daß junge Frauen Kinder haben wollen, wonach mir der Sinn überhaupt nicht mehr steht. Ich könnte mich an dieses Single-Leben, das ich führe, durchaus gewöhnen: In meinem alten Tweedjackett und den ausgebeulten Cordhosen, von Frau Schwarz vorzüglich bekocht und diskret vor dem Verschlampen bewahrt, stünde ich Tag und Nacht in lebhaftem geistigem Verkehr mit den Autoritäten der europäischen Geistesgeschichte, nachdenkend, schreibend; eine Vorstellung, an die ich mich geradezu klammere, denn nur beim Gedankenspinnen und Wörterklauben kann ich mich so weit vergessen, daß es darauf hinausläuft, völlig mit mir deckungsgleich zu sein.

»Was hältst du von einer gemeinsamen Reise nach Italien? Als Vater noch lebte, waren wir so oft zusammen in der Toscana«, hat Elisabeth beim Abschied gesagt. Sie muß sehr einsam sein, dachte ich. Aber sind wir das nicht alle? Als ich, mit der Perspektive eines leeren Hauses mit einem leeren Flur, einem leeren Wohnzimmer, einem leeren Bett, um nur einige der Leerstellen aufzuzählen, den Schlüssel ins Schloß steckte, hätte ich fast geweint. Seit Cäcilias zweiter, endgültiger Flucht schlafe ich, was Frau Schwarz zutiefst mißbilligt, auf der Liege in meinem Arbeitszimmer. Es hat sich in eine Wohnhöhle verwandelt, die ich nur noch verlasse, um zur Universität zu fahren. Nach dem Besuch bei meiner Mutter habe ich mich, obwohl es schon sehr spät war, erst einmal hinter den Schreibtisch gesetzt, um nachzudenken. Dann habe ich den Schlüssel aus dem Geheimfach genommen, den Schrank aufgesperrt und Cäcilias Tagebuch herausgeholt. Ich habe es in den Händen hin und hergedreht, am immer noch unverletzten Siegel gekratzt – und es wieder zurückgelegt. Nun hat es Dr. Fischer. Er raschelt ein wenig mit den Papieren. Vermutlich will er mir Zeit lassen. Ich laufe das Quadrat des Teppichs ab wie einen Käfig ohne Stäbe. Der Anwalt räuspert sich: »Wollen Sie nicht Platz nehmen?« Ich setze mich. Ich atme bewußt ein, lehne mich entspannt zurück, schlage die Beine übereinander. Dr. Fischer nimmt das Päckchen mit Cäcilias Tagebuch in die Hand, dreht es herum, stellt fest, daß es versiegelt ist. »Soll ich es öffnen?« Plötzlich weiß ich, was falsch ist. Elisabeth will mich veranlassen, gegen ihre eigenen Regeln zu verstoßen. Sie will, daß ich das System sabotiere, das mich trägt. Wenn diese Regeln nicht so kategorisch sind wie Kants Imperativ, wenn sie nicht immer und überall gelten, dann ist auch Cäcilia entschuldigt. Dann hat Jonathan recht, Verrat ist alltäglich, und jeder begeht ihn. Nun Mutter, nein. Du hast mich zu Paul d'Anton erzogen, und jetzt soll ich mich wie ein ganz anderer benehmen. Und warum? Weil du eifersüchtig auf Cäcilia bist. Weil du davon träumst, daß wir zusammen in die Toscana fahren. Weil du die Situation wiederherstellen willst, in der ich dir, der trauernden Witwe, Stab und Stütze war. Wieso merke ich das erst jetzt?

Dr. Fischer probiert, wie fest das Siegel sitzt. »Nein«, rufe ich, springe auf und entreiße ihm höchst unbeherrscht Cäcilias Tagebuch. Sekundenlang schweben seine beiden Handflächen vorwurfsvoll über der Schreibtischplatte. »Wollen Sie sich nun scheiden lassen?« fragt er. Ich nicke. »Oder brauchen Sie noch etwas Zeit?« Ich nicke wieder. Er mustert mich, dann nimmt er mir die Entscheidung ab. »Meine Sekretärin gibt Ihnen jederzeit einen neuen Termin«, sagt er und erhebt sich, um mir die Hand zu reichen. Er ist ein Staranwalt. Auch Paul d'Anton ist für ihn nur ein ganz gewöhnlicher Klient.

Eines Tages kam ein Päckchen von Paul. Es enthielt, eingewickelt, versiegelt, mein New Yorker Tagebuch. Wie gut, daß ich alles aufgeschrieben habe. Was für ein Glück, daß ich es im Hotelzimmer vergessen habe. Wie fürsorglich von den Leuten im Hotel, daß sie es aufbewahrt haben. Wie fair von Paul, daß er es nicht gelesen hat. Meine Aufzeichnungen haben mir die Vergangenheit zurück gebracht, meine Geschichte. Sie haben mich in die Wirklichkeit zurück versetzt. Es hilft, daß ich allein bin, daß ich vor niemandem die Façon aufrechterhalten muß. Ich habe zuviel zu tun, um etwas zu tun, mein Kopf arbeitet, und mein Herz. Es ist die Tätigkeit einer Gebetsmühle, »Ben Ben Ben« murmele ich vor mich hin, oder »Nein Nein Nein«. Den Schmerzensweg gehen, wieder, immer wieder von vorn. Sein Grauen in der Wiederholung schrumpfen sehen. Die Schrecken benennen, immer wieder, immer wieder von vorn, bis die Wörter inhaltsleer und platt sind. Ich bin zwei Personen. Die eine klagt an, die andere schämt sich. Die eine verteidigt sich, die andere verurteilt...

Mit »Ben« spreche ich an: die Zimmerdecke, die Türklinke, mein Spiegelbild, die Kaffeetasse, das Streichholz, die Brandmauer auf der gegenüberliegenden Seite des Hofes, den Schornstein, die Wolken. Dazwischen nehme ich die Rolle in die Hand und klatsche das zähe Weiß auf die inzwischen drei-, viermal gestrichenen Wände. Seelenruhe gewinne ich dadurch nicht. Es ist gut, daß mir niemand dabei zusieht, denn dieses

Handwerk ähnelt einem planlosen Tanz, als versuche ein Betrunkener durch Umherspringen auf wackligen Beinen seine Gleichgewichtsstörungen zu verbergen. Ich ertappe mich dabei, daß ich die farbgesättigte Rolle, statt sie über die Wand zu ziehen, lose in der Hand baumeln lasse, ohne Rücksicht auf die dickflüssigen Pfützen, die sich auf der ausgebreiteten Plastikfolie bilden und vom Relief meiner Turnschuhe, wenn ich auf und ab laufe, auf und ab, als sich selbst reproduzierende Spur überallhin getragen werden. Dann wieder lasse ich das Gerät einfach fallen, kippe nach vorn und lehne die Stirn an die frisch gestrichene Rauhfasertapete, manchmal auch die Handflächen, wie ein Gefangener, der nach Waffen durchsucht wird, mit dem Ergebnis, daß Gesicht und Hände von einer juckenden Farbschicht bedeckt sind, die ich gedankenlos wegkratze, so daß ich überall rote, entzündete Stellen habe, wie als Kind, wenn ich mich mit meiner Katze gebalgt hatte. Es war ein Kater, schwarz mit weißen Pfötchen, an den ich sehr häufig denke, einmal weil mir meine Klausur leichter fiele, wenn ich sie mit einem Tier teilen würde, aber vor allem, weil meine Verzweiflung, als der Kater überfahren wurde, meinem jetzigen Zustand glich. Damals war ich acht Jahre alt und fand erst Trost in meinem Kummer, nachdem ich entdeckt hatte, daß ich den Spielgefährten, wenn ich an ihn dachte, jederzeit herbeibeschwören konnte. In Tagträumen stellte ich mir vor, er sitze, sich possierlich putzend, auf dem Fensterbrett oder liege schlafend in seinem Körbchen, und wenn ich der Versuchung widerstand, hinzuschauen, war es so wie früher, als ich wußte, er war da, ohne daß ich mich dessen extra vergewissern mußte. Meine Mutter nahm mir schließlich Korb und Schüssel weg, weil ich darauf bestand, den Katergeist zu streicheln und zu füttern; da beherrschte ich aber die Technik schon, ganz ohne Requisiten, allein durch leidenschaftliches Gedenken, ein totes Wesen am Verschwinden ins Nichts zu hindern. Freilich, mit der Zeit verblassen alle Wiedergänger; auch Ben wird irgendwann ein fernes Schemen sein, ein abgelegtes Stück meiner Vergangenheit.

Es ist nicht Ben allein. Es ist vielleicht überhaupt nicht Ben. Er war ein Traum, und Träume hinterlassen keine gliederschwere Depression, die einen stundenlang an ein und derselben Stelle festhält. Besonders schlimm ist es nachts, wenn ich erschöpft von der körperlichen Anstrengung auf der Matratze, die ich in das kleine Zimmer gelegt habe, einschlafe und nach wenigen Minuten von meinem eigenen Schrei geweckt werde. Licht, das blendet. Füße, die treten. Hände, die zerren. Bodenlose wahnsinnig machende das Bewußtsein raubende Angst. Für einen Menschen ein Ding sein...

Paul

Frau Schwarz klopft und kündigt den Besuch der »gnädigen Frau« an (sie benutzt tatsächlich diese alte Dienstbotenformel), die schon hinter ihr in der Tür steht und ungeduldig darauf wartet, mit mir allein gelassen zu werden. Obwohl Elisabeth sich in dem abgestanden riechenden Gelehrtenstubenchaos unmöglich wohlfühlen kann, lehnt sie es ab, den Tee im Wohnzimmer zu nehmen. Mich macht die Unaufgeräumtheit der Begegnung nervös, nie kommt meine Mutter zu mir, in der Regel läßt sie bitten, es muß etwas Ernsthaftes anstehen. Doch das Ritual will bedient sein, ich erkundige mich also, wie die Reise nach Florenz verlaufen sei und Elisabeth, ebenso routinefest, skizziert ihre an Kunst- und Architekturgenuß reichen Ferientage. Dann nähert sie sich der Sache, um die es ihr eigentlich geht, durch Einkreisung: Ob es Neuigkeiten von Cäcilia gebe? Ich sage, daß sie sich in der Großstadt aufhalte. Sie schreibe, daß sie langsam wieder zu sich finde, aber nicht besucht werden wolle. Elisabeth mustert mich, sicher fällt ihr meine Zurückhaltung auf. Vielleicht ist es notwendig, daß ich sie damit konfrontiere, wie fremd sie mir geworden ist, obwohl auch das gegen die familiären Spielregeln verstößt; die Gefühle anderer sind in jedem Fall zu schonen. Nun macht Elisabeth eine Andeutung, die mich aufhorchen läßt; sie will mir etwas Bestimmtes sagen, ohne es direkt auszusprechen, ich muß also nicht nur auf die Worte achten, sondern auch auf Tonfall und Blick. So haben wir es immer gehalten. – Was sie mir mitteilen werde, sei ohne Zweifel geeignet, mein Bild von ihr zu beeinträchtigen. Das klingt dramatisch. Ich schweige. Sie gibt sich einen Ruck: »Sei's drum. Wir sind alle nur Menschen.«

Es ist mir peinlich, daß sie auf meinem Besucherstuhl vor mir sitzt, aber sie will es nicht anders. Ich rutsche nach vorn auf die Sesselkante und neige mich ihr entgegen, um mit meiner Haltung das psychologische

Gefälle auszugleichen, das sich, als durchaus beabsichtigte Wirkung der Möbeldisposition, zwischen der Person hinter dem Schreibtisch und der davor herauszubilden pflegt. »Ich habe kürzlich in der Truhe gestöbert, wo ich meine Briefe aufbewahre, die deines Vaters und die meines ersten Verlobten, der im Krieg gefallen ist. Dabei bin ich auf ein verschnürtes Päckchen gestoßen, das ich erst aufmachen mußte, um mich daran zu erinnern, was für ein Briefwechsel das war... Kurz und gut: während eines Kuraufenthaltes, als ich so alt war wie Cäcilia jetzt, habe ich mich leidenschaftlich in einen Mann verliebt, der mich anflehte, mit ihm durchzubrennen. Obwohl es unmöglich schien, euren Vater, dich und Stefanie im Stich zu lassen, kam es, muß ich gestehen, eine Zeitlang für mich in Frage. Er löste schließlich meinen Gewissenskonflikt, indem er sich zurückzog, und war fair genug, mir meine eigenen Briefe auszuhändigen – unvorsichtige, pflichtvergessene Briefe, deren Lektüre mir heute die Schamröte ins Gesicht treibt.« Ein Reflex dieser Hitze vertieft, wie ich gerührt bemerke, Elisabeths Toscanabräune. »Obwohl ich damals unendlich gelitten habe, war mir diese Affäre vollkommen entfallen.«

Sie sieht mich an, als müsse für mich jetzt eine Welt zusammenbrechen –! Doch weit mehr als ihr freiwilliger Sprung vom Sockel der Untadeligkeit beschäftigt mich das Lernziel – warum erzählt sie mir das? »Willst du mir damit sagen, daß ich Verständnis für Cäcilia aufbringen soll? Wäre denn, vorausgesetzt, er hätte Bescheid gewußt, unser Vater bereit gewesen, über deinen ... Fehltritt« – war es überhaupt einer? – »hinwegzusehen?« – »Das ist der Punkt, um den es geht«, sagt Elisabeth. »Die Briefe jenes Mannes lagen monatelang unverschlossen in der Schublade meiner Frisierkommode in unserem gemeinsamen Schlafzimmer. Da ich immer wieder wie süchtig in ihnen las, konnte es nicht ausbleiben, daß er mich dabei überraschte, trotzdem hat er niemals eine Frage gestellt. Heute glaube ich, daß er Bescheid wußte, es aber mir überließ, ob ich mit ihm darüber reden wollte oder nicht. Diese Haltung war es, die jene Affäre mit der Zeit bedeutungslos erscheinen ließ, als eine kleine Trübung, die sich im klaren Wasser auflöst. Ich denke, dein Vater, der ja erheblich älter war als ich, hat aus Lebensklugheit so gehandelt.«

Es gibt Einsichten, von denen man das Gefühl hat, sie seien immer da gewesen, nur irgendwo im Schatten, nicht richtig beleuchtet, und plötzlich fällt helles Licht auf sie. Ich lache; nicht spöttisch, eher mitfühlend. Elisabeth betrachtet mich unsicher, dann versteht sie, wie es gemeint ist, und stimmt in mein Lachen ein. »Wie sagtest du vorhin so richtig, Mama? Wir sind alle nur Menschen.« Ich bringe sie zur Gartenpforte und küsse ihr die Hand zum Abschied. Wie sie da, ihren Stock wie ein Requisit der Koketterie benutzend, die Straße entlang wandert, sich noch einmal umdreht und mir eine Kußhand zuwirft, liebe ich sie sehr. Und Cäcilia liebe ich auch. »Da ordnen wir nun«, notiere ich später am Abend unter dem Stichwort paradox.txt auf den Bildschirm, »unermüdlich das Chaos mit Wörtern, schwingen gegen die Entropie tapfer das Alphabet. Doch das erste Paradoxon, mit dem wir fertig werden müssen, ist die Unvereinbarkeit des Vereinbaren. Außerhalb der Sprache riecht das Leben, schmeckt, tut weh; wir können es nicht erreichen. Mit einem ironischen Augenaufschlag zum gestirnten Himmel von der Liebe als dem verpaßten Wunder zu reden – dabei müssen wir es wohl bewenden lassen.« – Nun noch die handschriftliche Nachricht für Frau Schwarz: »Bin ein paar Tage verreist.«

Die mit Tintenkuli auf einen selbstklebenden Papierstreifen gekritzelten Initialen C. A. ersetzen das Schild, das mich vermutlich schockiert hätte, denn mein Name gehört durchaus nicht an die Tür einer Mietskaserne in dieser norddeutschen Großstadt. Ich bin auf alles mögliche vorbereitet, Schreck oder Schock, Abwehr und Abweisung, nur nicht auf diese weiße Clownsmaske, aus der Cäcilias Stimme spricht, emotionslos, als habe sie mich längst erwartet, oder als sei ihr gleichgültig, wer da Zutritt begehrt: »Komm herein«. Dann läßt sie mich mit meinem Blumenstrauß in der Hand stehen und vergeblich nach einem Haken für meinen Mantel Ausschau halten. Ungläubig sehe ich zu, wie sie die Rolle in den Farbeimer taucht, sie hoch oben in der äußersten Reichweite ihres Armes ansetzt und sorgfältig nach unten zieht. Warum macht sie das selbst? Weshalb beauftragt sie nicht einen Maler? Dann bemerke ich die dicke Farbschicht auf der Wand und errate, daß sie streicht, was längst gestrichen ist. Offenbar dreht sie mit ihrem Eimer und ihrer Rolle Runde um Runde durch die Räume wie ein Langstreckenläufer auf der Aschenbahn.

»Du mußt hungrig sein«, sage ich und packe aus, was ich mitgebracht habe, gebratenes Huhn, Käse, Kuchen,

Obst. Und sogar eine Flasche Champagner, für die ich vergebens nach einem Kühlschrank suche. Vor dem Küchenfenster, das auf eine zernarbte Brandmauer hinausgeht, steht der einzige Stuhl, also decke ich den Tisch auf dem Fensterbrett. Cäcilia zerreißt ihre Hühnerhälfte mit beiden Händen. Während ich appetitlos kaue, Hähnchenschenkel ist nicht gerade meine Lieblingsspeise, sehe ich ihr mit aufsteigender Sorge dabei zu, wie sie alles Eßbare verschlingt. Ihre hohlen Wangen, der abgemagerte Körper – läßt sie es etwa darauf ankommen, zu verhungern? Dieser Rückzug in eine leere, schmutzige Wohnung mit nichts als einer Matratze und einem Koffer scheint mir nicht gerade das Indiz für einen Neubeginn zu sein. Trinkgefäße wenigstens gibt es, fleckige Marmeladegläser, von denen ich zwei ausspüle und mit dem lauwarmen Champagner fülle; und tatsächlich, er wirkt. Cäcilia lädt mich ein, mich neben sie auf ihr bodennahes »Bett« zu setzen, mit einem Kissen im Rücken sei es da ziemlich bequem. Ich versuche, meine Beine wie sie zum Schneidersitz zu falten und stelle mich dabei so ungeschickt an, daß sie kichert. Das Eis ist gebrochen.

»Hast du das Päckchen erhalten?« frage ich. »Mit dem New Yorker Tagebuch? Ja.« Ich warte, ob sie etwas dazu sagen will. Sie kommt auf die Knie und die Füße, während ich mein halbes Liegen auf der Matratze beibehalte. Sie geht zum Fenster, schaut hinaus. »Ich erinnere mich wieder«, sagt sie, ohne sich umzudrehen: »An alles.« Ich frage, ob ich rauchen dürfe? Sie zuckt nur die Schultern. »Da war ein Mann«, sagt sie. »Ich weiß«, antworte ich. »Ben S. Kempe«, sagt sie. »S. für

Siegfried«, sage ich. »Aha«, sagt sie. Ein wenig später: »Hast du das die ganze Zeit über gewußt?« Nun muß es heraus. Was auch immer es kostet. »Wenn ich ehrlich bin, ja.« – »Und warum hast du mich im Dunkeln tappen lassen?« Die Wahrheit, Paul. »Es war so ... praktisch. Du hast dich an nichts erinnert. Niemand in der Stadt wußte Bescheid. Also lag es an mir, den Vorfall zu vergessen, zu verdrängen meinetwegen, und wir konnten weiterleben wie vorher.« Cäcilia hakt ihre durch den Stoff stechenden Wirbel in die feuchte Wand: »Lieber eine halbverrückte Frau, als diese Schande – nicht wahr!« – »Es war falsch«, sage ich. »Verzeih mir.« Cäcilia rutscht an der Wand entlang in die Hocke und spricht mehr zu sich als zu mir: »Ich habe mich in deiner untadeligen Familie immer schuldig gefühlt. Jetzt fühle ich mich seltsamerweise schuldlos. Etwas ist geschehen, das für mich wichtig war. Natürlich tut es mir leid, daß ich dir weh getan habe, aber das ist auch alles. Die Begegnung mit Ben ist so sehr meine eigene Sache, daß ich mich sogar frage, was sie dich angeht.« Sie hangelt sich hoch und geht zur Toilette, wo sie so lange bleibt, daß ich schon befürchte, sie wünsche meinen abschiedslosen Aufbruch. Als sie zurückkommt, bin ich mit dem klemmenden Reißverschluß der neuen Pfeifentasche beschäftigt. Sie ist ein unzulänglicher Ersatz für ihre in New York geraubte Vorgängerin. »Cäcilia!« sage ich und nehme in Kauf, daß meine Stimme dabei zittert: »Wiegt dieses Abenteuer denn wirklich unsere Ehe auf?« Cäcilia hält den Atem an. Wie um mich mit keinem falschen Ton zu kränken, antwortet sie ganz leise: »Ich habe mir aus unserem gemeinsamen Leben ein Stück eigenes herausgeschnitten. Ich habe etwas riskiert. Und ich bezahle dafür. Ich will New York nicht vergessen.« Jetzt kommt es ganz auf mich an. Ich denke an Jonathan und sage: »Okay.«

Christine

Ich bin zu Hause wieder eingezogen, was den Papa freute, obwohl er nichts gesagt hat; das tut er nie. Großmütig sieht er über die Seifenschaum- und Zahnpastaspuren im Waschbecken hinweg, die Frank, wenn er bei mir übernachtet, reichlich hinterläßt. Da er sich seinen Morgenkaffee stehend in der Küche reinzieht, ehe er – neuerdings – zur Arbeit geht, braucht Paul seine Tochter wenigstens beim Frühstück nicht mit ihm zu teilen. Mein Vater bemühte sich, mir »die Wahrheit« in unschädlicher Dosierung mitzuteilen, und ich tat ihm zu Gefallen so, als wüßte ich nicht längst schon alles. Neu war mir nur, daß Cäcilia auf der Flucht vor einem Gangster war, als sie in den Keller stürzte, und daß Vater sie mit Hilfe eines ziemlich machohaften Detektivs fand. Ich habe große Lust, selbst nach New York zu fliegen und beide zu besuchen: den Architekten und den Detektiv. Ich wüßte, glaube ich, nicht, wer von beiden mir besser gefallen würde. Der Architekt sieht wirklich gut aus. Aber Vater meint, Jonathan sei noch viel attraktiver, und außerdem jung. Ich weiß nicht – junge Männer sind sich alle ein bißchen ähnlich, und sie reden immer über dasselbe. Einem Mann von fünfzig, dem kann man bestimmt stundenlang zuhören ...

Dann kam Mamas Katzenbrief. Frau Schwarz hat sich angewöhnt, die Post auf einem silbernen Tablett hereinzubringen. Um ihn davon abzulenken, daß der Brief an mich adressiert war, sagte ich zu meinem Vater, ich fände seinen Stil etwas übertrieben. »Niemand hat das je von ihr verlangt«, verteidigte er sich. Wir rätselten, woher Frau Schwarz die Idee mit dem Tablett haben könnte. Vermutlich aus dem Fernsehen. Ich las Cäcilias Brief, um Paul nicht auf die Folter zu spannen, laut vor: »Zwei Siamkatzenschwestern, perlgrau, mit spitzen, dunkel nachgezeichneten Ohren und hellgrünen Augen. Ich habe sie Mascha und Tiny genannt. Manchmal kann ich nachts nicht schlafen, dann sitze ich am Fenster und starre auf die Brandmauer gegenüber, die eine ideale Projektionsfläche für Wachträume ist. Die Katzen versuchen, mich in ihre wilden Spiele einzubeziehen, sie springen mir in den Nacken, auf den Schoß, sie krallen sich in meinem dünnen Nachthemd fest, als sei das mein Fell. Wenn sie etwas Unsichtbares so fixieren, verfolgen, ergreifen, fühle ich mich ihnen ähnlich: Auch ich gleiche die Mängel der Wirklichkeit durch Phantasie aus. Die Tage pflegen sie auf der Fensterbank zu verbringen und hinunter in den Hof zu starren. Ich frage mich, was sie dort unten sehen: Mäuse? Vögel? Jagdbeute, Verdauliches, was jedes Risiko lohnt? Sie lassen, soviel steht fest, keine Gelegenheit aus zu entwischen. Wenn ich mit Tüten beladen nach Hause komme, lauern sie hinter der Tür. Mit dem geschärften Sinn der Eingesperrten haben sie offenbar die einzig schwache Stelle im Verwahrsystem herausgefunden, diesen kurzen Moment, wenn die Tür einen

Spalt aufgeht und sie zwischen meinen Beinen hindurchschlüpfen können. Besonders Tiny, die kleinere, ist eine gewitzte Ausbrecherin. Einmal ist es ihr tatsächlich gelungen, ins Treppenhaus zu entkommen und bis zur Haustür vorzudringen. Glücklicherweise war sie geschlossen, und ich konnte Tiny wieder einfangen.«

»Dabei hat sie Katzen nicht leiden können!« sagte ich und dachte wehmütig an Kater Felix, der in die Obhut von Frau Schwarz gegeben wurde, weil er, offenbar aus Protest gegen die Vernachlässiung, angefangen hatte, sich schlecht zu benehmen.« Es war dein Bett, in das er gebieselt hat«, sagte Paul. »Cäcilias Bett«, widersprach ich. »Bevor sie in dein Zimmer umzog.« Paul blieb beharrlich: »Es war dein Kater. Felix hat das auch so gesehen.« Ich schwieg, aber ich gab ihm nicht recht. Ein Tier ist Mitglied der Familie, genau wie ein Kind. Kurz darauf bin ich nach Norddeutschland gefahren. Vielleicht kann ich ja etwas für sie tun. Für beide. Paul hat mich darauf vorbereitet, daß Cäcilia immer noch ihrer Anstreichmanie verfallen sein könnte und entsprechend fürchterlich aussähe, doch sie ist normal angezogen; ich meine, sie trägt nicht Armani oder Escada, aber gutsitzende Jeans. Sie ist sehr schlank geworden, fast dünn. Auch ihr Gesicht ist furchtbar mager. Ich beschließe, sie ein bißchen aufzupäppeln. Ihre Wohnung hat sie sich inzwischen ganz gemütlich eingerichtet, abgesehen von den krassen Graffiti an den Wänden, Fotos aus New York, die sie in einer Galerie entdeckt hat. Telefon hat sie jetzt auch. Ich rufe sofort Paul an und gebe – ich weiß, das ist eine Art Nötigung, aber was bleibt mir anderes übrig – den Hörer, obwohl sie abwinkt, an Mama weiter. Viel haben sie sich offenbar nicht zu sagen, denn ich höre kurz darauf in der Küche, wo ich gekochte Hühnerherzen für die Katzen kleinschneide, das Klicken der beendeten Verbindung. Cäcilias Vertrauen taut, als ob es ins Tiefkühlfach geraten wäre, nur langsam auf. Ich habe mir Bücher mitgebracht und sitze, wenn sie in dieser hilflosen Haltung, mit geöffneten Armen und hängenden Händen, vor sich hindöst, lesend in ihrer Nähe, so daß sie mich jederzeit ansprechen kann. Sie muß erst wieder lernen, sich anderen mitzuteilen. Ich kaufe ein, koche für uns und decke den Tisch mit bunten Servietten und Kerzen. Die lebhaften Katzen sorgen dafür, daß wir immer ein unverfängliches Gesprächsthema haben. Es kommt der Moment, wo ich sie fragen kann, was sie vorhabe: Ob sie zu Paul zurückkehren oder sich scheiden lassen wolle? Erschrocken drückt sie sich ganz in die Sofaecke, aber sie läuft wenigstens nicht hinaus. »Ich weiß noch nicht«, antwortet sie. »Ich habe mich verändert und möchte mich ausprobieren. Ich würde gern studieren.« – »Was?« frage ich. »Architektur«, antwortet sie. »Ich auch!« rufe ich. Wir schauen uns etwas skeptisch an. *Cherchez l'homme*. Ich berichte Cäcilia, daß ich sie damals mit Ben S. Kempe zusammen gesehen hätte, den ich für einen Verwandten von Karla hielt. »Ich kann durchaus verstehen, daß du mit ihm durchgebrannt bist«, sage ich, »Paul ist, glaube ich, manchmal recht langweilig.« Sie geniert sich, aber ich erkläre ihr, daß inzwischen die ganze Familie Bescheid wisse und sich darauf geeinigt habe, es handle sich um Pauls und Cäcilias »Privatangelegenheit«. Ob das auch

Elisabeths Meinung sei? »Der Papa sagt: ja.« Sie scheint darüber erleichtert zu sein. Ich rücke aus meiner Sofaecke zu ihr in die Mitte, und sie läßt zu, daß ich ihren Arm mit meinem Arm berühre.

Ich schlage ihr vor, daß wir uns beide an der Technischen Universität einschreiben und eine gemeinsame Wohnung nehmen. Eine Altbauwohnung. Oder ein Haus. Damit – das behalte ich vorläufig für mich – auch Paul genug Platz hat. Ich werde ihn bitten, nachzukommen. Bei seinem ausgezeichneten wissenschaftlichen Ruf, so werde ich argumentieren, könne er sich an den hiesigen Hochschulen doch mit guten Aussichten auf Erfolg bewerben. Cäcilia gefallen meine Pläne für sie und mich; die Paul betreffenden erwähne ich nicht. Wir sprechen viel über Architektur, ein Thema, das sie aus ihrer Verschlossenheit lockt. Die Baukunst sei materialisierter Zeitgeist, sagt sie. Im Bauwerk nehme die gesellschaftliche Struktur feste Formen an. Ich verkneife mir die Bemerkung, daß ich das für Originalton Ben S. Kempe halte. »Wer in einem Land die Macht hat«, sagt sie, »kannst du an der Bautätigkeit erkennen. Die Fürsten ließen sich Schlösser errichten, die Großbürger Stadthäuser, die Diktatoren Aufmarschplätze. Heutzutage gehören die prächtigsten Gebäude den Banken und Konzernen.«

Weil Cäcilia, wenn das Telefon läutet, viel zu lange zögert, bin ich meist diejenige, die abhebt und sich mit unserem Familiennamen meldet. »Cäcilia?« fragt eine mir unbekannte Männerstimme. Schau an, sie hat einen Freund, denke ich, Pauls Chancen stehen schlecht ... Da nennt der Anrufer seinen Namen. Cäcilia glaubt, ich nehme sie auf den Arm, als ich ihr sage, daß es Ben sei. Woher er ihre Nummer habe? Ich gebe die Frage weiter. »Von der Haushälterin«, antwortet die heisere Stimme mit dem knödelnden amerikanischen R. »Von Frau Schwarz«, informiere ich Cäcilia und halte ihr den Hörer hin. Sie fuchtelt mit beiden Händen Abwehr. »Meine Mutter will nicht mit Ihnen sprechen«, übersetze ich. »Ah – Cäcilias Tochter?« fragt Ben mit dem Timbre der Verführung, das auf mich wirkt, obwohl mir klar ist, daß er es genau zu diesem Zweck einsetzt. »Kann ich etwas ausrichten?« gebe ich förmlich zurück, doch läßt mein irgendwie veränderter Tonfall Cäcilia erstarren und Ben die Oberhand gewinnen. Er lacht – ein sympathisches, souveränes Lachen, das mir in die Knie fährt: »Sagen Sie ihr, meine Mutter habe das Zeitliche gesegnet, und ich käme für einige Tage nach Deutschland, um die Erbangelegenheiten abzuwickeln. Zufällig habe ich in ihrer Nähe zu tun.« Ich vergesse, vergesse einfach, Bens Worte Cäcilia mitzuteilen. »Ich rufe wieder an«, fügt er hinzu. »Er ruft wieder an«, richte ich aus. »Nein!« zischt Cäcilia. »Meine Mutter sagt nein«, übermittle ich. »Ich rufe trotzdem an«, sagt er. »Ist die Tochter denn so hübsch wie die Mutter –?« Das fährt mir in den Teil meines Bauches, der bisher Frank vorbehalten war. Die Versuchung ist fast unwiderstehlich. Hat Cäcilia nicht behauptet, Ben sei ein Frauenkiller, durch und durch treulos? Würde er anrufen, wenn das so stimmt? Ich fühle mich herausgefordert, mit meiner Mutter, die doch wahrhaftig nicht mehr jung ist, vierzig, jedenfalls alt genug, um Großmutter zu werden, auf dem Gebiet, wo ich inzwischen zuständiger bin als sie, in Wettbewerb zu treten. Wenn sie Ben gefallen hat, wie viel besser muß ich ihm gefallen, schön wie sie, klug wie sie, und halb so alt. In der Liebe zählt nun einmal die Jugend. Ich bin drauf und dran, der Verführung nachzugeben, doch da ist dieser Chor der inneren Stimmen, der Das-tut-man-nicht! schmettert: »Bedaure«, erwidere ich in dem arroganten Tonfall, den meine Großmutter Elisabeth in für sie unangenehmen Situationen anzuschlagen pflegt. *»Forget it«,* sagt er und legt auf. »Was hat er gesagt?« fragt Cäcilia. »Vergessen Sie's«, antworte ich. »Guter Tip!« spottet sie. Doch ich merke, wie aufgeregt sie ist, wie aufgebracht, und verschweige ihr, daß Ben mich angemacht hat. Ich benehme mich, stelle ich fest, wie die Familie es von einer d'Anton erwartet. Doch ist da ein Rest, der nicht aufgeht. Wäre Ben nicht Mamas Liebhaber gewesen, oder wüßte ich nicht, daß er es war, könnte ich ihn treffen, und vielleicht würde er ein Teil *meiner* Biografie. Weil meine Mutter Grenzen überschritten hat, an die sie gebunden war, soll ich jetzt Grenzen wahren, die mich nicht binden. Erfahrung, die mir zusteht, muß ich aus Rücksicht auf sie, die keine Rücksicht nahm, abschreiben. Das finde ich schwierig. Ein Problem geradezu gemacht für Paul, den Gut-Böse-Kniffler, den ich jedoch nicht um Rat fragen kann, weil er ein von der Grenzverletzung Betroffener ist. Warum sind Eltern nicht perfekt? Kinder hätten es leichter.

Am Morgen erzählt mir Cäcilia die Fortsetzung des Architektentraumes. Den ersten Teil hat sie in New York geträumt, in der Nacht, bevor Bens Abschiedspostkarte kam. »Wieder saß Ben auf einem goldenen, mit

Löwenköpfen verzierten Sessel, von dem aus er den Bau seiner Kathedrale überwachte. Als ich vor ihm stand, erhob er sich und packte mich am Arm, um mir das vollendete Bauwerk zu zeigen. Wie eine Arche Noah mit zwei riesigen Masten schwamm es auf dem Dunst der Ebene. Doch als wir näher kamen, erwies es sich, daß es eine Ruine war, mit einem zerbrochenen, von Unkraut überwucherten Chor, durch dessen Spitzbögen ein hartes weißes Licht schien. Da stieß Ben einen Wutschrei aus und riß mitten entzwei. Ein Trauermarsch ertönte. Ich schloß mich dem Zug an, der auf den Grund des Bauloches führte. Dort lag er nackt in einem schwarzen Sarg, und über seinen Körper, von der Stirn bis ins Schamhaar, lief die rote Spur seiner Spaltung. Ich weinte. Merkwürdig, daß man im Traum einen so tiefen Schmerz fühlen kann, der wie weggeblasen ist, sobald man erwacht.« – »Und was soll das bedeuten?« frage ich ein bißchen barsch, wie immer, wenn ich mich ärgere, weil ich etwas nicht verstehe. Cäcilia legt die Arme um mich und wiegt mich wie früher als Kind, wenn ich getröstet werden wollte: »Es bedeutet, daß ich doch nicht Architektur studieren werde.« Obwohl ich mich gefangen fühle, lasse ich mir die Umarmung gefallen. Sie ist ein Fortschritt. Vielmehr eine Rückkehr.

»Was willst du für dich?« frage ich. Irgendeiner muß in dieser Familie von Träumern praktisch denken. »Ich habe«, sagt Cäcilia, »eine unbeschreibliche Sehnsucht nach einem nützlichen Leben. Ich möchte gern morgens um sechs aufstehen, eine Tasse Kaffee trinken, im Morgengrauen zur Bushaltestelle gehen, meine Arbeit beginnen, Mittagspause machen, meine Arbeit beenden und zufrieden nach Hause fahren. Drüben bei Aldi gibt es eine Kassiererin, die sagt dir, bevor sie deinen Einkauf eintippt, erst einmal guten Tag und schaut dich dabei an, und wenn du dich darauf einläßt, verwickelt sie dich in einen kleinen Schwatz, der genausolange dauert wie das Suchen von Kleingeld im Portemonnaie, so daß niemand in der Schlange ungeduldig wird, sondern sich alle auf den Moment freuen, wo sie an der Reihe sind.« – »Verkäuferin bei Aldi? Aber du doch nicht – Mama!« sage ich. Cäcilia ist wirklich hoffnungslos romantisch.

In dieser Nacht kann ich nicht einschlafen. Nicht nur die Katzen halten mich wach, die sich inzwischen so an mich gewöhnt haben, daß sich, sobald ich mich auf dem Gästesofa ausstrecke, die eine in meine Halsbeuge schmiegt und die andere in meiner Kniekehle zusammenrollt, und bei jeder meiner Bewegungen springen sie auf und bemessen die Spanne zwischen Berührung und Nähe neu, was mit erheblichem Schnurren verbunden ist. Wach hält mich auch die ungewisse Zukunft. Paul, fürchte ich, wird sich in seinem Gelehrtendasein mit Aussicht auf lebenslänglich einmauern, sein Zimmer gleicht immer mehr einer Bücherburg mit kleinen Schießscharten zwischen den Stapeln. Cäcilia wartet, auch wenn sie es nicht weiß, immer noch auf Ben oder irgendein anderes Wunder. Ich werde sie wohl beide verlassen und Architektur studieren, am besten im Ausland. Amerika. Und wenn ich fertig bin, baue ich ein Haus für uns drei. Einen achteckigen Pavillon in einem großen Garten, umgeben von einer schmalen, säulengestützten Galerie, die verglast ist, so daß man aus jedem Zimmer ins Grüne sehen kann. Die Scheiben laufen auf Schienen, damit man sie beiseite schieben und das Vogelkonzert hereinlassen kann, das mir in Cäcilias ödem Hinterhof so fehlt, mit seiner einzigen struppigen Amsel, die mangels Konkurrenz das Singen ganz aufgegeben hat. Die Zimmer haben keine Wände, mit einem Schreibtisch auf Rollen kann man der Sonne in ihrem Umlauf folgen oder ihr ausweichen, je nach Jahreszeit. Nur der Kern des Hauses, der Schlafzimmer, Küche und Bäder enthält, ist massiv. Eine Wendeltreppe führt von dort in einen Keller mit viel Stauraum. Ich beschließe, gleich nach dem Aufwachen eine Skizze des Pavillons anzufertigen und sie Paul zu schicken. Und vielleicht auch Ben. Wenn ich Architektin werde, das steht fest, wird Ben mir früher oder später über den Weg laufen. Mein Wintergartenhaus, wie ich es nennen werde, müßte ihm gefallen. Cäcilia sagt, er liebe gläserne Wände. Aber wohin mit Pauls Büchern – ? Er muß sich darin vergraben können wie ein Maulwurf im Bau. Also trenne ich mich von meinem Glashaus und entwerfe eine Wohnhöhle mit langen, gewundenen Gängen, Bullaugen und Büchern wandauf, wandab. Den größten Raum mit einer hochgewölbten Kuppel bekommt Paul, ich werde in die Decke winzige Punktstrahler setzen, damit er glauben kann, über seinem Schreibtisch wölbe sich der gestirnte Himmel, den er so gerne zitiert. An Stelle seiner puritanischen Ein-Mann-Liege werde ich einen Haufen unwiderstehlicher Polster und Kissen auftürmen, in die er stolpert, ob er will oder nicht. Und Cäcilia setze ich mitten hinein. Und mich setze ich daneben. Und Paul plumpst genau zwischen uns, und wir halten ihn beide fest und lachen. Wir lachen und lachen.